工学部ヒラノ教授の徘徊老人日記

今野浩

Hiroshi Konno

青土社

工学部ヒラノ教授の徘徊老人日記　目次

工学部ヒラノ教授の徘徊老人日記

1　ウォーカホーリック老人

自分で言うのはどうかと思うが、古希を迎えた頃のヒラノ教授は颯爽たる老人だった。二〇一一年の東日本大震災のときには、一〇階にある研究室から一階まで駆け下りたあと、コートを取りに戻るために一〇階まで駆け上り、本震に匹敵する余震に驚いてまたまた駆け下りても、足がもつれることは無かった。

一五分後に再び階段を上って、部屋中に散乱した本を棚に戻したあと帰宅しようとしたところ、電車が止まっていたので、キャンパス脇のバス停から錦糸町行きのバスに乗った。ところが御徒町駅付近で超・超満員になり、車内に油が焦げる匂いが充満したのでバスから脱出して、帰宅難民の流れに押されながら、六キロの道を小走りで自宅に戻った。

部屋の中が無傷であることを確認して一安心したのも束の間、テレビの画面に映し出された東北地方の大災害に肝を潰した。冷凍チャーハンをレンジでチンして夕食を済ませたあと、ワインを飲んで九時過ぎにベッドに入ったが、余震が続く中眠れない一夜を過ごした。

翌朝はいつもどおり五時に家を出て、一・五キロ先の押上駅に駆け付けたところ、地下鉄半蔵門線・東武伊勢崎線直通電車は運行中止だったので、五〇〇メートル先の業平駅（現在のスカイツリー駅）まで歩き、三〇分後にやってきた東武電車に乗って、竹ノ塚駅から二キロ先にある介護施設に、要介護五の妻を見舞った（バスは動いていなかったので、テクテク歩いた）。

余震が続く中、原子力発電所事故の成り行きにやきもきしながら、妻のベッドわきで一日を過ごした後、八時過ぎに自宅に戻った。翌朝はまた五時に家を出て介護施設に妻を見舞い、一〇時過ぎに大学に出勤して部屋の片づけをやった後、一週間ぶりに三郷の難病施設に娘を見舞って、九時前に家に戻った。

八か月間一日も欠かさず、トラベリング・プロフェッサーを続けたヒラノ教授は、退職後三日目に妻の最期を看取り、告別式と葬儀をつつがなく済ませた。

このように、九年前のヒラノ教授はとても元気だったのである。もちろんあれこれ問題はあった。歩行速度が落ちたこと、血圧が高いこと、メタボなこと、髪が薄くなったことなどなど。

体力の衰えが顕著になったのは、娘が亡くなった三年前からである。そして今では、ドアが閉まりかけた電車に飛び乗ることは出来なくなったし、信号が赤に切り変わる前に京葉道路を渡りきるのに一苦労するようになった。

ヒラノ教授はもともと歩行速度が早い方ではなかった。その理由の一つは、普通の人に比べて脚が短いことである。中学時代の座高は、男生徒二五人中で九番なのに、身長は一六番だった。脚が長い親友の江藤は短脚の少年を、「脚の長さなんか気にするな。大事なのは人間の中身だよ」と慰めてくれたが、本人にとっては大問題だった。

ところが還暦を超えるころから、写真に写った自分の姿を見ても、以前ほど脚の短さが気にならなくなった。それは若いころ一六八センチあった身長が五センチほど縮んだ一方で、脚の長さは変わらなかったからである（このことは、ズボンの股下丈が若いころと同じであることが証明している）。

かつて四一％だった股下比率は、超厚底靴を履けば四四％になる。美脚自慢の菜々緒さんや、宝塚の男役諸嬢には遠く及ばないものの、特に気に病むほど短いわけではない。

身長が縮んだのは、学生時代にラグビーのフロントローを務めた際に、前方のクマと後方のイノシシに押されて、背骨の軟骨が摩耗したせいに違いない。ラグビーをやったのは、高校時代の一年間と大学時代の一年間の合計二年間に過ぎないが、高校・大学を通じて六年間フロントローを務めた知り合いは、なんと身長が一五センチ（！）も縮んだという。

時折街中で、オリーブ・オイル（ポパイのマドンナ）のように、極細で長い脚（股下六〇％！）

の老婦人に出会うことがあるが、過ぎたるは及ばざるがごとしで、長すぎる脚は折れやすいので心配なのではなかろうか。

ヒラノ教授にとっての理想の美脚とは、オリーブ・オイルよりは太く、セリーナ・ウィリアムスよりは細く、大阪なおみくらい長くて肉付きがいい脚である（オリーブもセリーナも、裸になった姿を見たいとは思わない）。

学生時代のラグビー仲間は、多かれ少なかれ過激な運動の後遺症に悩まされている。左脚の神経がマヒしている元ウィング。度重なる肩脱臼手術のせいで、ペットボトルの蓋を開けることが出来ない元フッカー。首の骨が湾曲しているせいで、慢性的な腱鞘炎に悩まされている元プロップなど。すでに鬼籍に入った人も多い。

ヒラノ教授の学生時代、日本人男性の平均寿命は六五歳くらいだったから、喜寿を過ぎるまで生きる人は少なかった。したがって、若いころきつい運動をやっても、大半の人はひどい後遺症が出る前に死んだのだ。

半世紀前のラグビーのトレーニングは、現在のスポーツ科学の常識からかけ離れたものだった。腰に大きなダメージを与えるうさぎ跳び五〇回は論外として、五〇メートルダッシュ二〇本、腹筋・背筋各二〇本、スクラム三〇回、タックル二〇回、五キロランニング等々、炎天下二時間半のトレーニング中の水分補給は禁止である。

疲労が加速するという理由で、試合中も水分摂取は絶対禁止である。汗かきの青年が脱水症（熱中症）で落命しないで済んだのは、試合開始直前に胃が満タンになるまで鉄管ビールを飲んだおかげである。

たばこ屋のおばさん兼教育評論家の武田イクさん（武田鉄矢の母堂）は、バカ息子に向かって、「アレはやるものであって見るものじゃない」と宣ったそうだが、ヒラノ老人はワールドカップラグビーでのワンチームの健闘に涙を流しながら、「（いまの）ラグビーは、見るものであってやるものではない」と思っていた。

腰痛とは五〇年のお付き合いで、これまでに四回のぎっくり腰を経験している。四回目から二〇年以上無事に過ごすことが出来たのは、ステージ三の警報が出るたびに、ステージ五（本格的なぎっくり腰）に移行しないよう、用心に用心を重ねてきたからである。

四年ほど前から、一度にまとめて五〇〇〇歩以上歩くと、ステージ三の警報が出るようになったので、二週間に一回整体師に固くなった体をこねてもらったが、あまり良くならなかった。

毎週こねてもらえばいいのだろうが、これ以上の出費（一回につき消費税込みで七〇〇〇円）は懐を痛めるので、脚の痛みはモーラス・テープで我慢してきた。

七〇歳を超えてから、歩行時にふわふわ感（船の上を歩くような感覚）が強くなったので、新聞広告で見た漢方薬を服用したが、全く効果がなかった。脳に障害があるせいかもしれないと心配になって、大学病院で検査してもらったところ、腰の骨が磨り減っているのが原因だという診断が下った（これもラグビーの後遺症である）。

「腰の状態はとても悪いが、手術はリスキーなので、歩くことが出来なくなるまでは、やらないほうがいいでしょう」という医学部教授の無慈悲なお言葉を頂戴したあとは、杖を突きながら、四〇年近く守ってきた週七万歩のノルマ達成を目指して頑張ってきた。

しかしこの一～二年、目標達成が難しくなってきたので、一日八〇〇〇歩とストレッチ＆スクワット二〇〇〇歩相当分でごまかすことにした（老人はあまり頑張らない方がいい、という森繁久彌翁の忠告を言い訳にして）。

早朝五時過ぎに、ほとんど車が通らない一方通行道路の車道をひょろひょろ歩いていると、認知症老人と間違われる可能性がある。しかし、杖を突いてリュックを背負っていれば、単なるウォーカホリック老人と見なしてもらえるだろう。

ところが四年ほど前から、歩行速度の一層の低下が気になりはじめた。街中を歩いていると、次々と背が低い老婆に追い越されるようになったのである。なぜこれほど遅くなったのか。

つらつら考えた結果、六年前に大腸憩室による二度の大下血を起こして入院したとき、一回につき約三週間、合計七週間の絶対安静生活を送ったのが原因ではないか、ということに思い当たった。

機械工学の専門家に聞いたところによると、無重力状態に置かれた宇宙飛行士の踵の骨からは、一日目からカルシウムが溶け出すという。長く横になっていたために、骨が（そして筋肉も）劣化したのではないだろうか。

歩行速度が遅くなったのは、歩幅と脚の回転速度の低下が重なったせいである。そこで回転速度を上げたところ、バランスを失って転びそうになった。森繁翁のアドバイス、「風邪ひくな、転ぶな、不義理しろ」にある通り、老人には転倒→大腿骨骨折→寝たきり→認知症の運命が待っている。

したがって歩行速度を上げるためには、歩幅を広くするしかない。そこで二本のスティックを手に大股で歩く、ノルディック・ウォーキングにチャレンジした。これで歩行速度は大幅に改善されたが、三か月ほどで掌の腱鞘炎を発症した。

そこでノルディック・ウォーキングは中止して、杖突き徘徊に逆戻り。なるべく歩幅を広くするように努めたところ、腰に負担がかかるせいで、たちまちステージ三の警報が出た。かくしてすべてはもとの木阿弥になった。

現在のところ大腸憩室は収まっている。しかし、いつまた発症してもおかしくない状態である。再び大下血を起こして、三週間以上絶対安静生活を送れば、歩行速度はますます低下し、よちよち歩き→車椅子生活になってしまう。

というわけで下血リスクを減らすべく、血圧降下剤と整腸剤を服用し、食べ物も大腸に負担がかからないものを摂取するよう努めた。しかし食べたいものを食べないので、ストレスがたまった。大腸憩室に最も悪いのはストレスだという説があるので、結局これももとの木阿弥になった。

次に大下血を起こした時、救急車を呼ばずに、出血多量→意識不明→絶命の旅に出れば、理想的なＰＰＫを達成することが出来るのだが、実際にはうろたえて救急車を呼ぶだろう。

次はメタボである。中学時代から小太りだったのは、戦争直後の食糧難のために、脂肪を蓄積しやすい体質になったせいである。

東京育ちの友人は、食糧事情はそれほど悪くなかったと言っているが、それは彼らがセレブの息子だったからである。また山形、新潟、富山などコメどころ出身の友人も、特にひもじい思いをしたことはないと言っている。

しかし、(資産がない)公務員の倅で、(コメどころではない)静岡育ちの少年は、いつも腹ペコだった。小学校低学年時代のヒラノ少年は、満腹感というものを味わった記憶がない。三つ年上の兄は、級友から〝ハングリさん〟と呼ばれていたが、これはもちろん〝腹ペコさん〟という意味である。

一六三センチ、体重七三キロ老人のBMIは二七・四だから、正常範囲（二二〜二六）を少しはみ出している。また体脂肪率は二三％、内臓脂肪率は一八％強と、どちらも標準をかなり上回っている。身体年齢は実年齢より一〇歳若いそうだが、タニタの体組成測定器をどこまで信用していいものだろうか。

五年前の大下血のあと、体重が六八キロまで落ちたとき、これですべての指標が正常範囲に入ったと思ったのも束の間、たちまちリバウンドして、七四キロのメタボ爺に戻ってしまった。

二〇代後半のアメリカ留学中に、ジャンボ・ハンバーガー（バーガーキングのワッパー並み）、アップルパイ、アイスクリーム、そして草履のようなビフテキを食べ続けたせいで、四か月間で八キロ増えた体重は、その後のダイエットと猛勉強のおかげで元に戻った。そしてそのあとは、七三〜七五キロの範囲のブラウン運動を繰り返してきた。

しかし、若いころより体重が三キロ近く減ったにもかかわらず、以前は胴回り八八センチのズボン（パンツ）に納まったお腹が、九一センチでもきつくなった。八八センチのパンツがはけるようになるためには、腹筋トレーニングをやる必要があるが、腰痛持ちに腹筋は禁物である。

こう思っていたところに、一つ年下の友人U氏から、『私のダイエット法』というタイトルのA4で七〇枚のレポートが送られてきた。この人は、三〇代以来何十回もダイエット＆リバウンドを繰り返したパーペチュアル・ダイエターである。

　ところが五六歳のときに、膝が痛くて二階に上れなくなったのを契機に、絶対にリバウンドしない「U式ダイエット法」を編み出し、二年間で九八キロから七一キロまで（二七キロ！）減らすことに成功したという。身長は一七三センチだから、BMIは二三・七である。

　ここまで減らせば十分なはずだが、U氏はその後もダイエットを続けた結果、二〇一九年正月の体重は何と五九キロだという（どこまで減らせば満足するのだろうか）。

　そこでヒラノ老人は、七九歳の誕生日を目前に控えて、U氏のレポートを参考に、炭水化物を控えて野菜と魚を増やすことによって、六か月で三キロ減らすというモデストな計画を立てた。これなら楽勝だと思ったが、二か月で五〇〇グラムしか減らなかった。この分では三キロ減らすまでに、もう一年くらいかかりそうだ。

　次は髪の毛である。半世紀前の披露宴のときに撮った自分の写真を見ると、巨大な頭の上に覆いかぶさる分厚い黒髪が、まことに暑苦しい。もちろんその当時、白いものは一本もなかった。

　だから、アンデルセンの『即興詩人』で次の文章を読んだとき、二六歳の青年はショックを受けた（今でも覚えているのは、ショックの大きさを物語っている）。

白髪は死の花にして、その咲くや、心は冷めて血は凍らんとす。

恋せよ。汝の心なお若く、汝の血なお熱き間に。


上の毛はともかく、精力絶倫の勝新太郎（杉良太郎だったかもしれない）は、「下の毛に白いものが混じった時、ショックのあまり布団をかぶって寝てしまった」と言っていた。

下の方でも死の花が咲いていることに気付いたのは、四〇代に入ってからであるが、上の方は三〇代半ばに、大脳前頭葉が位置する部分が三分の一ほど白くなった。小学生の息子が、「白髪おやじは授業参観に来るな」というので、やむを得ずビゲン・ヘアカラーを使用した。

四〇代に入るまでは部分染めで済んだが、そこから先は……。すべての毛染め剤には、皮膚や毛髪を傷める化学物質が含まれている。そのせいか一〇年後には、頭髪量が減ってちょうどいい具合になった。

ここで止まってくれれば万々歳なのだが、抜け具合が変わらなければ、やがて薄毛頭を通り越して禿頭直行便だ。そこで毛染めの回数を減らしたが、抜け毛の進行は止まらなかった。それでも六〇代の間は、何とかごまかすことが出来た（と思っていた）。

かつら業界トップのA社にかつらを注文したのは、七一歳のときである。半年前に出した本がバカ売れして高額の印税が入ったため、気が大きくなった老人は、七〇年間酷使した自分のアタマに投資するのも悪くないと考え、A社のオフィスに足を踏み入れた。

一つ八〇万円、スペアを含めて一組一四〇万円也という数字を聞いて躊躇したのは、自分自身のためにこれだけ巨額なおカネを使ったことは、一度もなかったからである。

それまでに買った高価なものと言えば、やんごとなきお方の日本武道館での葬儀に参列する際に誂えた、二〇万円のモーニング（これは一度しか着なかった）、ハートマンの一〇万円の革鞄（これは擦り切れるまで使った）、カナダ製の一〇万円の毛皮コート（これは反・毛皮運動が激しくなってから着用しにくくなったが、そうこうするうちカビが生えてしまった）、オーストリア製の超厚底靴（五万円）くらいである。背広もほとんどは吊るしで、高くてもイージーオーダーで八万円までである。

そのような吝嗇老人が、かつらに一四〇万円もの大金を投資したのは、これから先出す本が売れてくれれば、一〇〇万円程度はちょろいと思ったためと、あちこちでインタビューを受けるときや、テレビに出演するときに、頭髪ふさふさ老人の方が出演依頼や謝礼が多くなると思ったためである。

ビゲン・ヘアカラーで染めた地毛の色に合わせたかつらをかぶれば、鏡の中にかつてのような颯爽たる老人が出現した。同輩の女友達Nさんは、一〇年ぶりに新調した背広に身を包んだかつら老人を、「いつまでもお若いわね」とヨイショしてくれた。

かつらを誂えた時は、週に二～三回は使用することになるだろうと思っていた。三人の女友達とのそれぞれ半年に一回の清談、三グループの友人（男性）との三か月に一回の会食、月一～二回の公式会合、月一～二回の講演&インタビューなどなど。

ところが、実際に使用したのは高々週に一回、月に三回程度に過ぎなかった。現役時代に比べて、公式会合、講演、インタビュー依頼が激減したためである。

そうこうするうちに髪は日に日に薄くなり、一年後には地毛とかつらの間に微妙な齟齬が生じた。そして一年後に、親しい友人からあけすけな質問を受けた。

「お前、もしかしてそれかつらか」

「ばれましたか」

「往生際が悪い奴だな」

憎らしいことに、この男は七〇歳を過ぎても髪がふさふさしている。〝こいつにばれているなら、女友達にもばれているだろう〟。そこで担当のカツラマスターにその旨伝えると、

「（お金持ちの）皆さんは、一～二年で新しいものを注文されます。このたび軽くていい商品が出ましたので、お買い替えなさってはいかがでしょう」と来た。

〝軽いやつと言うのは、しばらく前に見た映画で、ジーン・ハックマンがかぶっていたあれのことか？〟と思ってものの本を調べると、かつらが合わなくなるのは、髪の毛が変化するか

らだけではなく、頭蓋骨が萎縮するためだということが分かった。加齢によって脳みそが萎縮すると、それに合わせて容器も縮小するのである。

老人がしわくちゃ顔になるのも、皮膚がたるんだからだけではなく、顔の骨が縮むせいなのだ（皆さん、知っていましたか）。

それはともかく、これまでの一年半でせいぜい五〇回しか使わなかったから、ここで買い替えると一回につき三万円かかったことになる。

「現在特別サービス期間中ですので、お持ちのものを下取りして、一組一二〇万円でご購入いただけます」

「うーん。今度出る本が一万部以上売れたら、その時に考えましょう」

その後しばらくして、カツラマスターから電話がかかってきた。

「ヒラノ先生でしょうか」

「はい、そうですが」

「新しいご本はどうなりましたか」

「むにゃむにゃ」

一万部には届きそうもなかったが、営業成績を上げんものと必死なマスターの度重なる勧めを断り切れずに購入した。この結果、二〇〇〇時間かけて書いた二冊の本の印税が吹き飛んだ。

ところが一年後には、これも合わなくなった。

当初予定した通り本がたくさん売れて、講演依頼がたくさん来れば、一年につき六〇万円程度の出費を気にする必要は無い。しかし年に一〜二回の講演（謝金は高々一〇万円程度）のために、これだけ出費するのはばかげている。

気が付いてみれば時代は変わり、芸能人や経営者には丸禿や薄毛がうようよしている。ブルース・ウィリス、ジーン・ハックマン、ショーン・コネリー、スティーブ・ジョブス、ジェフ・ベゾスなどなど。日本人でも松山千春、竹中直人、渡辺謙、孫正義など、禿や薄毛を隠さない人が増えている。そのせいか、かつて栄華を誇ったA社は経営不振だという。

ネット情報によれば、女性はいずれかと言えば、マルビのイケメン青年より、マルキンのハゲオヤジを好むという。高齢の女友達はもちろんそうだろう。マルキンとは言えないまでもマルビでもない老人は、かつらをかぶっても特にメリットはない。

嘗ての颯爽たる老人は、二度の大腸憩室による下血のあと急に体力が衰え、紛れもないよれよれの老人になってしまった。今では川のような京葉道路を渡るときには、一大決心が必要になった。対岸までたどり着けそうもないときに、川の中州で立ち止まっていると、前後を行きかうトラックに引き込まれそうになる。

杖をついてヒョロヒョロ歩くアラ傘（サン）老人の髪の毛が、ふさふさしていたら不自然だ。新しく注文すれば下取りしてもらえるが、買わなければ捨てるしかない。かくして一二〇万円也のかつらは廃棄処分されることになった。

独居老人は定年退職した後、終活大作戦の一環として多くの物品を廃棄した。衣類、家具、靴、書籍、電気製品などなど。しかし最も高価なものでも、購入価格がかつらより高かったものは一つもない。つくづくつまらないものを買ったものだ。

このあと、白髪・薄毛頭をイギリス製の帽子で覆い隠した老人は、杖を手にリュックを背に、毎朝五時ちょうどに徘徊に出かける。南に向かえば西友、北に向かえば東武ストア、東に向かえばハナマサ、そして西に向かえばマルエツで、三〜五割引きの食料品やお花を購入して、一時間後に家に戻る。

以下は、朝六時五分前にオープンする東武ストアのお姉さまとの会話の一部である。

「いらっしゃいませ」

「今日は半額商品が少ないので、あてが外れました」

「開店と同時に見えたお客さまが、たくさん買っていかれました」

年金暮らしの老人は、いかにして生活費を切り詰めるか腐心している。このところ物価がじわじわ上昇しているから必死である。魚の切り身、てんぷら、カキフライ、ひき肉などの半額商品は、早い者勝ちなのだ。消費税がアップしたので、競争相手はますます増えるだろう。

開店前から並べば、半額カキフライ、半額とんかつが手に入るかもしれないが、老人同士の奪い合いでトラブルになったら、今は亡き妻に叱られる。そこでこの権利は、自分より生活が苦しそうなジイサマ達に譲ることにした（最近は不機嫌な老人が多いので、用心するに越したことは無い）。

2　劣化御三家

世間では、加齢に伴って劣化する御三家は、〝ハ・メ・マラ〟だと言われているが、ヒラノ教授の場合最も早くだめになったのは、メである。

中学時代に近視&内斜視と診断されて以来、六〇年以上眼鏡のお世話になってきた。近視の度は着実に進み、早々と老眼も加わったので、そのうちゼペット爺さんの瓶の底のような厚いレンズのお世話になるのかと思っていたところ、技術進歩のおかげで、薄くて軽いレンズのまま済んできた。

この分なら、無事あの世に軟着陸できると思っていたところ、七二歳を迎えるころから、左目がちらちらするようになったので、慶大医学部を出たあとスタンフォード大学病院で研鑽を積んだことが売りの、錦糸町駅前のKクリニックで診断を受けた。

「左目に白内障と緑内障の症状が出ています。白内障はまだ手術する必要はありません。緑内障も軽度なので、多分失明することはないでしょう。右目には今のところ問題はありません が、毎月一回検査しましょう」という。

〝八〇歳までは失明しないということか。それとも九〇歳を超えても大丈夫ということか〟と疑問に思ったが、恐れ多いので訊くことは出来なかった。

緑内障は手術では治らない。目薬で症状の進行を抑えるのが精一杯だという。一方の白内障は、手術すれば治るということだが、これまで一度も体にメスを入れられたことがない老人は、なかなか決断できなかった。

考えあぐねているうちに、左目の白内障は徐々に進行し、パソコン作業に不都合を生じるようになった。また週刊誌の特集記事を見ると、一方が悪くなればいずれもう一方も悪くなるという。

その上、古希を過ぎた老人の眼球は日々劣化が進んで、あるところを超えると手術不能になるという。また糖尿病患者や心臓病患者も、手術ができないケースがあるとやら。つまり、やるなら持病が悪化する前に決断すべきだということである。

そうこうするうちに、左目がますます見えにくくなった。そこで、しばらく前に手術を決意したという、同年齢の女友達Nさんに相談した。二〇一七年はじめのころである。

「白内障の件ですが、あなたはどちらの病院で受けられるのですか」

「M記念病院のA先生にやっていただくことにしました。この先生は白内障では日本一の名医です」

「そういえば私の友人も、A先生にやっていただいたと自慢していました」

「予約してから四か月くらい待たされますが、目は大事ですから、待たされてもいい先生にやっていただく方が安心ですよ」

インターネットで調べると、A先生は画期的な手術法を開発した有名な先生だということが分かった。そこで二月半ばにK医師に相談した。

「白内障の具合が思わしくないので、手術を受けたいのですが……」

「まだ大丈夫なはずですけどね」

「インターネットで調べたところ、やるなら早い方がいいということなので、決断しました。そこで、M記念病院のA先生に紹介状を書いていただけないでしょうか」

ストレートに別の先生にお願いすることが出来たのは、Kクリニックでは白内障手術を行っていないからである。

「A先生なら昔からよく知っています。あの先生はご自分のクリニックを持っておられて、手術はそちらでやっていますので、紹介状を持って直接そちらに行かれた方がよろしいでしょう」

二週間後に紹介状を受け取った老人は、三月半ばにアポイントメントを取った。クリニックは日本橋の豪華ビルの三階にあって、待合室では一ダースほどの白内障患者が待っていた。

アシスタントの先生の問診を受けたところ、

「精密検査の結果、手術可能な場合は両眼同時手術を行います」とのご託宣。

「右目には異常がないはずですが……」

「紹介状には両眼手術と書いてあります。後日また右目を手術されるより、一回で済ませた方がよろしいということではないでしょうか」

〝手術が失敗して両眼失明したら、地獄生活だ！〟。驚いたのはそれだけではなかった。一日に約三〇人（週に三日で、一年に五〇〇〇人以上！）の手術を行うという。朝九時から夕方五時までとして、一人当たりの手術時間は高々一五分である。このクリニック以外にも、M記念病院の眼科医長としての仕事があるのだから、工学部教授を遥かに上回る激務である。

世の中には大勢の眼科医がいるのに、なぜ一日三〇人もの手術を行うのか（普通の眼科医は一日三～四人だという）。全国各地から多くの患者が、日本一の名医のもとに送り込まれてくるので、使命感で引き受けているのか。それとも体力があるうちに、目いっぱい稼いでおこうというのか。

事情通の知り合いに訊ねたところ、両方だろうと言っていた。しかしそれほど沢山稼いでも、自分では使う時間がないのではなかろうか。

以前から白内障を患い、眼がよく見えないという友人M氏（元国立大学学長）によれば、眼科医の中には、A先生の手術は受けたくないという人がいるという。ベルトコンベア式の手術を受けるより、日本一の名医ではなくても、丁寧にやってくれる医者の方がいいということだろう。

しかし紹介状を書いてもらった以上、逃げも隠れも出来ない。医者嫌いのヒラノ老人は、医者に弱い。それが分かっているから、なるべく医者には近づかないようにしてきたのだが、この時すでにベルトコンベアに乗せられていた。

精密検査の結果、特別な異常は発見されなかったので、七月末に〝日帰り、両眼同時〟の手術を受けることになった（最初に検査を受けてからちょうど四か月後である）。

「手術当日は、必ずどなたかに付き添いを依頼してください。手術後体調を崩される方がおられますので、これは絶対に守ってください」

「私は一人暮らしなので……」

「お子様はおられないのでしょうか」

「おりますが、遠方に住んでおりますので……」

「その場合は、〝病院付き添いサービス〟をお勧めします。ともかくどなたかに付き添っていただくのが当方の決まりです」

超多忙な息子たちを煩わせるのは気が重いので、インターネットで〝病院付き添いサービス〟を検索して、ミスター・ドーナッツのダスキンにお願いすることにした。費用は半日で一万円少々とのこと。

手術の日取りは一週間前に決まったが、手術時間は前日まで決まらなかった。大先生が患者のデータをチェックした上で順番を決めるからだそうだ。〝問題含みの眼玉を先にやるのか。だとすれば、四人目にやることになった俺は相当悪いのか？〟。

説明によれば、手術は角膜にメスを入れて、白濁した水晶体を剔出したあと、そこに透明なレンズをはめ込む簡単なものだそうだ。しかし簡単だと言われても、目玉というデリケートな物体を相手にする手術だから、安心出来ない。実際、稀ながら失敗することもあるらしい。

「失敗したらどうなるのでしょう」

「その時は再手術します。しかし失敗する確率は一％以下ですから、ご心配は無用です」

〝一％と言えば一〇〇人に一人だ。一〇〇〇人に一人なら心配しないが、三日に一人失敗するとなれば、心配しないわけにはいかない〟。

遠距離用もしくは近距離用どちらか一方のレンズを入れる場合は、保険が適用されるので、出費は検査費用を含めて約一〇万円である（アメリカなら確実に一万ドル以上かかるだろう。日本は本当にいい国だ）。

一方遠近両用のレンズの場合は、一〇〇万円である。これだけの出費に耐えられる老人は少ないと見えて、アシスタント医師は、はじめから遠距離用レンズを前提とする説明を行った。

半世紀前に、白内障手術（だったと思います）を受けた五〇代半ばの先輩を病院に見舞ったことがあるが、両目を包帯で目隠しされたまま、一週間近く入院生活を送っていた。それが今では、手術後直ちに帰宅できるようになったのである。

朝一〇時に始まる手術の前に、特別待合室で待たされていた老人は、不安を鎮めるために看護師さんに話しかけた（独居老人は、気がよさそうな人には、機会があるたびに話しかけるようにしている）。

「一日に三〇人手術されるということですが、最後の方になると随分お疲れでしょうね」

「ご心配無用です」

「そうですか。万一先生が体調不良になった場合はどうなるのでしょう」

「代わりの先生が見えるでしょうが、私がここに勤めるようになってから、そのようなことは一度もありません」

「何年ここにお勤めでしょうか」

「半年です」

〝半年ではデータが少なすぎる。四か月も待たされた挙句、駆け出しのインターンに執刀されるのでは、たまったものじゃない!!〟。

ヒラノ教授は現役時代に、毎学期A４で五〇〇枚余りのレポートの採点を行っていた。全部で一五時間くらいかかる仕事だが、おしまいの三時間は目が疲れてとても辛かった。しかし終わったあと、しばらくはこの仕事をしないで済むと思えば、何とか我慢できた。ところがA先生は、毎週三日、そして二〇年以上この仕事を続けているのだ。

東工大に勤務していた時、近所のとんかつ屋で、週に一回とんかつ定食を食べていたが、店のおやじさんが朝一一時から夜九時まで、とんかつを揚げ続けると聞いて驚嘆した。

プロというものは、同じことをやり続けても飽きない（飽きないから商いだという話を聞いたことがある）ということだ。したがって、たかが五〇〇枚のレポート採点で音を上げるヒラノ教授は、プロのプロフェッサーとはいえないのかもしれない。

とんかつなら揚げそこなっても、自分か家族に食べさせればいい。またレポートなら、BをAと誤認しても何の問題もない（逆は大問題だが、学生が不服を申し立てたときに対処すればいい）。しかし、一つの目玉には一人の人間の人生がかかっているのだ。

一〇時一〇分前に、キンキンに冷えた手術室に招き入れられた老人は、ベッドに仰向けに横たわり、続けざまに点眼薬を注入された。隣のベッドでは、別の患者が手術を受けていた。手術は予定通り一五分で終わった。痛みは全くなかった。大先生のご尊顔を生で拝見したのは、この時が最初で最後である（暗いのでよく見えなかったが）。

Nさんは手術後気分が悪くなり、付き添いのご主人とともに、近所のビジネスホテルに一泊したということだ。一方のヒラノ老人は、ダスキンから派遣された上品なマダムに付き添われてタクシーで自宅に戻り、冷凍食品をチンして食べた。眼はよく見えなかったが、チャーハンとシュウマイの区別くらいは出来た。

その後約一週間、眼を保護するための特製ゴーグルをかけて過ごした。お酒が飲めないのは仕方がないとして、厄介なのは寝返りが打てないこと、三種類の点眼薬を一日に一五回（！）、よく見えない眼の中にたらしこむこと、この際黴菌が目に入らないよう、特別な使い捨てナプキンで目をぬぐうことである。一日一五回となると、真夜中に何回も点眼薬を差さなければならない（だから熟睡できない）。

買い物には行けないので、各種缶詰、カップ・ラーメン、冷凍チャーハン、サトウのご飯プラスレトルトカレー、クッキー、ナッツなどで命をつないだ。おかげで、早朝徘徊の際に買い込んだ冷凍食品のストックは空になった。

一週間後に最終検査を受け、異常なしと判定された結果ゴーグル生活は終わり、寝返りが打てるようになった。しかし、眼の状態が安定するまでには二か月ほどかかるので、その間はクリニックから支給された応急対応眼鏡をかけて暮らした（この間パソコン作業を控えた）。

それでは目はどうなったのか。左目は眼球の白濁が除去されたおかげで、よく見えるようになった。一方右目は、もともとあまり悪くなかったので、以前とあまり変わらなかった。

問題は、眼鏡の調整がうまくいかないことである。近見用一本、遠見用二本の合計三本の眼鏡を注文したが、近いところがよく見えない。パソコン作業の際は、裸眼の方がいいくらいである。

Nさんは七本の眼鏡を注文して、時間替わりで使いまわしているという。A先生は、「手術は大成功です」と宣ったそうだが、Nさんは納得していない様子だった。

一方、日本一の名医に執刀してもらった老人をうらやんでいた、神戸在住の友人T氏は、地元の眼科医に執刀してもらったところ、予後は順調そのものだと言っていた。またもう一人の友人M氏は、かかりつけの医師に執刀してもらったところ、見え具合は学生時代に戻ったと言っていた。

二人とも予約してから二週間後に、二週おきに片目ずつの手術だったという。これなら病院付き添いサービスを頼む必要はないわけだ。白内障の手術は今や標準化されていて、ある程度の経験を積んだ医師であれば、失敗するケースは少ないようである。

その一方でNさんのように、日本一の名医にお願いしてもうまくいかないこともある。ヒラノ老人の場合はどうかと言えば、症状が軽かったせいで、M氏のように〝手術後全く世の中が変わった〟というほど良くなったわけではないが、あれから二年以上、毎日六時間のパソコン作業に特段の不都合はないのだから、〝よかったことにしましょう〟と思っている。

手術後は毎月一回、紹介状を書いていただいたKクリニックで検査を受けるのが原則である。しかし有閑マダムに超人気のKクリニックでは、最低でも二時間近く待たされるし、インターン様がお出ましになることもある。そこで、近所にオープンしたばかりのN眼科（妙齢の女医さん）の診察を受けることにした。

白内障手術の予後は順調だそうだが、軽度の緑内障があるので、毎回視力検査以外にも眼圧検査、そして年に三〜四回の視野検査と眼底検査がある。この時は瞳孔が開いてしまうので、数時間はものがよく見えない。一キロの道をよろよろ歩いて家に戻り、その日の午後はだらだら過ごす。

N眼科では火曜日が手術日になっていて、あまり待たされずに、片目ずつ施術してもらえるようだ。最初からここでやればよかったと思うこともあるが、小心者の老人は〝日本一の名医〟のベルトコンベアから逃げることは出来なかっただろう。

二つ目はハである。八〇＝二〇という言葉があるが、八〇歳で自分の歯が二〇本あれば、墨田区から表彰状がもらえるそうだ。現在のところぎりぎりでもらえそうだが、喜寿の時のように金一封（五〇〇〇円也）のほうが有難い。

一〇年ほど前に、左下の奥歯が痛くなったので、妻とともに住み込んでいた文京区の介護施設の近所にあるF歯科医を訪れたところ、

「この歯は治療不能ですですから、抜歯してインプラントにしましょう」

と言う。インプラントにはかなりのお金とリスクが伴う、と言われていた時代である。知り合いの中には、この手術のあと体調不良→認知症→寝たきりになった人もいる。

「どのくらいの費用がかかるのでしょうか」

「一本六〇万円です」

「リスクはないのでしょうか」

「はじめのうちは、新聞で報道されるような事故もありましたが、最近そのようなことは少なくなりました」

「そうですか」

「反対側の奥歯もかなり傷んでいますから、同時にやることをお勧めします。二本目以降は、それぞれ五〇万円でサービスさせていただきます」

〝五本で二六〇万円か。払えない金額ではないが、こういう時はセカンド・オピニオンを聞

くのが肝心だ〟。そこで介護施設に入る前にお世話になっていた、錦糸町のH歯科医の診断を仰いだ。

「この歯はもうだめなので、インプラント手術をやるしかないと言われましたが、どうでしょうか」

「悪いことは確かですが、まだ何とかなるでしょう。右側も悪くなっていますが、治療してみましょう」

「助かります」

かくして二六〇万円を出費せずに済んだわけだが、一〇年ほどして右側のブリッジが外れてフガフガ老人になった。すんでのところで飲み込まずに済んだので、外れたブリッジを持ってH歯科医を訪れると、

「外れましたか。本当はダメなんだけれど、もう一度はめてみましょう」

「今度はずれたらインプラントでしょうか」

「さあどうでしょうね」

老人は歯がなくなると、認知症になるケースが多いというから、六五歳の時にやっておいた方がよかったのかもしれない。〝一〇〇年現役〟を目指す友人は、七〇歳になる前に二〇本をインプラントにしたということだ。一本五〇万円とすれば一〇〇〇万円（!）である。計画通

り一〇〇年現役を達成すれば、一年あたりわずか三〇万円に過ぎないと考えたのだろう。

しかしインプラント手術は、全身麻酔で顎に穴をあけて、ネジを埋め込むということだから、白内障手術よりずっとリスキーである。辛い思いをして手術を受けても、八〇歳老人の平均余命は五年程度に過ぎない。

フガフガになった場合は、お金がかかってリスキーなインプラントより、昔からある（部分）入れ歯の方がよさそうだ。

それより心配なのは、四半世紀にわたってお世話になってきたH医師が、いつ廃業してもおかしくないことである。このところ歯科医という職業は、どこも経営難だという。国の医療行政のせいで、歯科医が増えすぎたのが原因である。

特に良心的な歯科医は、（保険が適用されないインプラントを押し付けたりせずに）保険診療を行うケースが多いので儲からないのだそうだ。

二〇年以上お世話になってきたアラ還のH医師は、湯たんぽの製造・販売で一財産を築いた先代から、数十室の賃貸マンションを相続したということだから、いつ廃業しても生活には困らない。ヒラノ老人の寿命が尽きるのと、H医師が廃業するのはどちらが先だろうか。

3　男性卒業

還暦を迎えたころのヒラノ教授は、オトコとしてまだ現役だった。五〇代初めに心室頻拍という難病を発症するまでの妻は、月に二回くらいはそのオトコに付き合ってくれた。夕食の後小声で、「今晩あたりどう?」と尋ねると、二回に一回くらいは「いいわね」と答えてくれた。

主治医は、きちんと薬を服用していれば、これまで通りの生活が出来ると言ったが、万一発作が起これば、心臓麻痺を起こす可能性がある。このような人に、「今晩あたりどう?」とは訊きにくい。

夜の楽しみが完全に無くなったのは、妻が五〇代半ばに、もう一つの難病である脊髄小脳変性症を発症してからである。病気の進行を抑える薬の点滴を受けるため、月水金の夕方は北千住の病院まで車で送り迎えしなくてはならない。

一年後には運動機能に障害が出た。転倒して大腿骨を骨折すれば、寝たきりになるかもれないので、可能な限りトイレに付き添うことにした。このためワインを飲んで、八時にはベッドに入り、ひたすら眠った（この習慣は現在も続いている）。

一二時まで眠ることが出来ればラッキーだが、ときには一〇時過ぎに起きなければならないこともある。したがって、この頃は慢性的睡眠不足だった。

人間には財欲、色欲、食欲、名誉欲、睡眠欲の五欲があるそうだが、このころは睡眠欲が最優先で、色欲は脳みその奥に引っ込んでいた。妻とともに介護付き有料老人ホームに入居してからは、介護は楽になったものの、疲れているため色欲は目を覚まさなかった。

脊髄小脳変性症を発症してから一五年後、妻は逝った。普通であれば一〇年しか持たないはずのところ、一五年間も生きてくれたのは、夫が定年を迎えるまでは生きていよう、という強い意志のおかげである。

妻が亡くなる一か月前、古希老人は文京区の介護施設を出て、墨田区にある自宅に戻った（妻は半年前に誤嚥性肺炎を起こし、気管切開手術を受けたため、別の介護施設に移った）。間もなく年金生活に入る健常者が、介護施設に年間三〇〇万円も払うのはばかげている、と思ったからである。

妻の葬儀が終わった後、「俺はウツじゃない、ウツじゃない」と唱えながら眠りに落ちる老人は、ほとんどウツだった。介護施設に入るまではオトコだったが、施設を出たころは卒業証書を貰っていた。

SNS情報によれば、〝妻に先立たれた老人の六割は三年以内に死ぬ〟そうだ。そう言われてみれば、知り合いの中にもそういう人が何人もいる。生活力が無い人、妻に頼り切っていた人、やることがない人は、空白の時間のせいで生きる力を失うのだ。

四〇代初めに、毎週七〇時間働かされていたブラック職場から、年七〇〇時間だけ働けばいいホワイト職場に移籍したヒラノ教授は、〝空白の時間〟の重圧で心身症にかかった。この症状が快方に向かったのは、仕事が増えて、毎週六〇時間以上働くようになってからである。

この時の体験から、空白の時間を極端に恐れる老人は、妻が亡くなってからは、毎日一〇時間近くパソコンに向かった。原稿は一日五枚以上書ける日もあれば、二枚しか書けない日もある。しかし何か書いていれば、ウツになることは無かった。

では何を書いていたのか。答えは〝二〇世紀後半の日本の製造業王国を支えた「工学部」という組織と、そこに勤める天才（変人・奇人）たちに関する紹介本〟である。中には「現役時代にお世話になった組織や後輩の顔に泥を塗る破廉恥行為だ」と非難する人もいたが、本人はかつて所属した組織や友人に対するオマージュだと自負していた。

古希を過ぎた老人でも素晴らしい本を書く人は多い。たとえば九〇代に入った外山滋比古氏が書くエッセイは、読むたびにうならされる。また瀬戸内寂聴氏や田辺聖子氏も、九〇歳を過ぎてからも健筆をふるった。

その一方で、あれほどの人物がこのような本を出したのは、●●た証拠ではないかと思うこともしばしばである。その代表例が、文豪・谷崎潤一郎が晩年に発表した、老人の性的妄想を記述した本である。

中学時代のヒラノ少年は、読書・映画三昧の毎日を過ごした。公開されたアメリカ映画は半分以上見たはずだが、何を見ても面白くないものはなかった。

一方の小説は、講談社の少年少女名作全集全四〇巻から始まって、怪奇小説、冒険小説、探偵小説、歴史小説、少女小説まで何でも読んだ。小学生時代、晩ご飯を食べた後の時間は、すべて読書に充てられた(テレビはなかったし、ラジオは壊れていた)。頭の中がまっさらな少年にとって、これらの本はすべて血となり肉となった。

また大学生時代には、中央公論社の世界文学全集五四巻の七割強を読破した。西洋かぶれの青年は、日本文学全集には手を出さなかったが、夏目漱石、芥川龍之介、三島由紀夫、井上靖、吉川英治などは人並みに読んだ。

社会人になってからは、仕事の合間に松本清張、宮部みゆき、東野圭吾などのミステリーと、手塚治虫、赤塚不二夫、浦沢直樹、萩尾望都などのマンガをよく読んだ。この時代のマンガは純文学より質が高い、というのがヒラノ教授の感想である。

才能ある若者が、興隆するミステリーやマンガの世界に流れたからではなかろうか。たとえば浦沢直樹の『MONSTER』や『20世紀少年』は、デュマの『モンテ・クリスト伯』や『三銃士』に匹敵する面白さである。

若いころは、谷崎潤一郎や川端康成など、文豪と呼ばれる作家の小説も何冊か読んだ。『細雪』『春琴抄』『伊豆の踊子』『雪国』など。しかし流麗な文章には感心したものの、内容的にはそれほど素晴らしいとは思わなかった。

バルザック、ユゴー、デュマ、ディケンズなどの壮大な物語に比べて、若者が長い人生を生きていくうえで足しになるような内容ではなかったからである。

父が定期購読していた『中央公論』誌で、谷崎潤一郎の「瘋癲老人日記」を読んだ大学三年生は、とても不愉快な気持ちになった。不愉快というより〝おぞましい〟と言った方がいいだろう。

古希を過ぎて不能になった老人が、同居する息子の嫁に対して抱く性的妄想を綴った文章に呆れた。脚を半分以上棺桶に突っ込んだ老人の倒錯した色欲。色欲は熱き血潮が流れる若者のために用意されたものであるはずだ。黒髪は遠き昔に去り、死の花もすでに枯れ果て、丸坊主になった〝元オトコ〟の残骸が、若い女に対して抱く劣情。

この本は谷崎の日記をもとにしたものだということだが、〝喜寿を過ぎた世界的文豪が、このような日記を公開するのははしたない！〟。二一歳の童貞青年は、若者の聖域を死に損ないの色情狂老人に汚されたような気がしたのである。

この本が出て間もないころ、ヒラノ青年は偶然両親の会話を盗み聞きしてしまった。朝早く尿意を催したので、足音を立てないよう階段を下りて用を済ませ、また足音を忍ばせて階段に足を掛けたところ、障子の向こうから、「今日は体調が悪いのでやめて……」という母の声が聞こえてきたのである。

五〇代の父はまだ老人とは呼べないかもしれないが、死の花満開状態には違いない。谷崎の小説を読んだ直後だったせいで、〝なんだかいやだなあ〟という気持ちは、長く頭の底に沈殿した。

谷崎に対する嫌悪感は、数年後に勤務先の上司と交わした会話によって増幅された。

「君は谷崎の原稿料が一枚いくらするか知っているかい」

「『瘋癲老人日記』の谷崎潤一郎ですね。一枚五〇〇円くらいですか」

「いやいや、それよりマルが一つ多いんだよ」

「あのエロ小説が一枚五〇〇〇円ですか⁈」

「エロ小説だから五〇〇〇円なんだよ」

「エーッ！」

この当時、民間研究所に勤めていたヒラノ青年の月給は三万円弱だった。〝毎月一五〇時間以上働いて（実質的にはほとんど働いていなかったが）、月給が三万円に満たないのに、あの下らない原稿が一枚五〇〇〇円とは許せない！〟。佐藤春夫との間に起こった、夫人譲渡スキャンダルにも嫌悪感を抱いていたことが重なって、この時以来谷崎がますます嫌いになった。

嫌いと言えば、紫式部も好きではなかった。『源氏物語』をけなしたら、文学おばさまの顰蹙を買うだろうが、将来ひとかどの人間になりたいと考える堅物青年にとって、女たらしの男とその男に身を任す女たちの物語は、読んでも（一部だけしか読まなかったが）ただの時間つぶしに過ぎなかった。〝時間つぶしなら、もっとましなものがいくらでもある〟。

谷崎の晩年の小説『瘋癲老人日記』や『鍵』などは、老人の性を世間に公開して、高い評価を受けたということだ。しかし、あのような文章を臆面もなく公表するのは、●●た証拠ではなかろうか。

後日ヒラノ教授は、同じ職場で働く機会があった江藤淳氏の言動から、文学者は何を書いても許される、と考えていることを知った。文学が人間の本質を表現するものであるからには、文学者は人間の表側裏側すべてに通暁しなくてはならない。そのためには、（法に触れることでなければ）不道徳なことをやっても構わない――。

文学者は他人が秘匿したいと思っていることを世間に暴露する。それによってプライバシーを公開された人物がどれほど傷ついても、文学者であれば許されると考えている。身近にこういう人がいると厄介である。

谷崎潤一郎も江藤淳と同じ考え方を共有している。普通の人間であれば、決して世間に公開しないような女性との秘密でも、文学者（文豪）なら許されると考えているのである。そして作家や評論家は文豪に忖度して、たとえ〝はだかの王様〟だと思ったとしても、絶賛するのではなかろうか。

しかしヒラノ老人は喜寿を迎えてから、大谷崎に対して若いころとはやや違った考えを持つようになった。若い女性の足に踏まれて喜びを感じる気持ちが全く理解できないので、今更手に取って読もうとは思わないが、老人の性を日本人として初めて世間に公開したことは、評価してもいいのではないか、と思うようになったのである。

半世紀前のヒラノ青年は、古希を過ぎれば色欲はなくなるのが普通だと思っていた。ところがそうではなかった。喜寿を過ぎた今も、時々目を覚ますのである。女は死ぬまで女ですという言葉があるように、男も死ぬまで男なのかもしれない。

中学時代には不倫映画を見て興奮したが、男と女が具体的にどのようなことをやるのか、良く分からなかった。それはこの時代の映画が、とても上品だったからである。

たとえばダニエル・ダリューの『たそがれの女心』では、キスシーンはあってもベッドシーンはなかったし、ミシュリーヌ・プレールの『肉体の悪魔』では、人妻と青年がベッドに倒れこむと途中はカットされ、ことを終えた二人がベッドで横になっているシーンが映し出される。〝途中でどのようなことが行われたのか??〟。

ところが一九七〇年代初めに、アメリカでポルノが解禁されて以来、小学生にでもわかるような画像が、スクリーンに映し出されるようになった。その代表例は、シャロン・ストーンの『氷の微笑』と、シャーリーズ・セロンの『モンスター』である。これらの映画を見れば、男と女がベッドの中で何をやっているのか小学生でもわかる。

蛇足ながら、ヒラノ青年はアメリカ留学から帰るとき出版されたばかりの、『ポルノと猥褻に関する大統領諮問委員会報告』を、税関の検査を潜り抜けて持ち帰った。そこには、人間のあらゆる性行為が写真付きで掲載されていた。〝人間はこんなことまでやるのか!!〟。これが三〇歳の青年の感想だった。

三〇〇ページを超えるこの報告書は、友人の間で〝密やかに〟回し読みされたが、二〇年後になると日本社会もがらりと変わった。ヒラノ教授の秘書だったK夫人は、『氷の微笑』を二〇代の未婚のお嬢さまと一緒にテレビで鑑賞したという。

『愛と追憶の日々』で、シャーリー・マクレーンが、隣に住む元・宇宙行飛行士とのセックス体験を、娘に自慢するシーンがあったが、(アメリカの)母と娘の関係は、(日本の)父と息子とは違うので驚いてしまう。

（形ばかりにせよ）映倫という検閲機関があるので、映画はまだ生ぬるい。すさまじいのは、ネット上にあふれるポルノ動画である。

『大統領諮問委員会報告』に掲載されていた、男女のあらゆる行為が、音声付き動画でただで見られるのである（ただし画面を開くと、パソコンがウィルスに感染することがあるので、注意が必要である）。とても人間とは思えない精力絶倫男が……。

嘗て人妻キラーと呼ばれた友人Sの自慢話を、これまた豊富な女性体験を誇る友人K（この人は七九歳の誕生日を迎える直前に亡くなった）に話したとき、「嘘だろう。そんなにやったら皮がむけちゃうぞ」と言った言葉が懐かしく思い出される。

このようなビデオを見た喜寿老人は思った。最近四〇代の童貞おやじが増えているのは、これほど貪欲な男と女の営みを見れば、自分はとてもあそこまではやれない、それより若い歌手や女優の写真を見ながら一人で発散させた方がいい、と思うからではないだろうか、と。

新聞には時折、警察がポルノを違法販売した男を逮捕した、というニュースが流れるが、その警察がなぜインターネット上のポルノ動画を放置しているのか解せないところである。

谷崎がポルノ動画を見ることが出来たとして、果たして『瘋癲老人日記』を書いただろうか。また書いたとしても、お金を出してあのような本を買う人はいるだろうか。

最後にマラ関連で困っている、頻尿、残尿感、尿漏れの〝三尿問題〟について書いておこう。これらの問題については、泌尿器科に相談すべきところである。しかし命にかかわるものではないし、老朽マラをカイチンするのは気が引けるのもので、なかなか足が向かない。

頻尿と残尿感は前立腺肥大（前立腺がん）と関連があるそうだが、ＰＳＡインデックスは二以下なので、今のところ前立腺には問題がなさそうだ。また一日の尿回数も一〇回以下なので、頻尿とは呼べないかもしれない。

ところがここ一～二年、早朝徘徊に出る前にタンクを空にしても、一〇分もしないうちに尿意を催すことが多くなった（ガキの頃は適当なところに放出したが、今時このようなことをやると、あちこちに監視カメラが設置されているので、母が心配したように、手が後ろに回るリスクがある）。一〇分以内に公衆トイレ（もしくはコンビニ）があるように徘徊路を設定してあるので、間に合わないことは無いが、老犬のようにほんの五ccしか出ない。

尿漏れが気になりはじめたのは、数年前からである。排尿した後、出し切らなかった分が、ちょろちょろ流れ出るような気がするのである。実際には出ていない場合もあれば、一～二cc出ちゃうこともある。

そこで、ブリーフの内側に大きめのティッシュ・ペーパーを折りたたんでマラを包み込む。こうすれば、たとえ粗相してもブリーフを汚すことはない。ところがティッシュは、ときおりマラから外れたり、ブリーフから脱走したりすることがある。このリスクを避けるためには、おむつのお世話になる必要があるが、二〜三cc程度におむつは大げさすぎる。

女性のためには、かなり前から薄い尿漏れパッドが販売されていた。車いす生活の妻も、そのお世話になっていたが、男性用は寝たきり老人のための大型商品しか見当たらなかった。

ところが一年ほど前に、男性用が発売されたことを知った（ずっと前からあったのかもしれない）。たまたまラジオで宣伝していた、ライフリーの〝男性用さわやか超薄パッド〟がそれである。

これはブリーフの内側に張り付ける仕掛けになっているので、脱走する心配はない。一〇ccまでの漏れは吸収してくれるので、二〜三cc老人は長時間の外出でも不安がない。

ただしこの商品は、大きなドラッグストアにも常備されていないので、メーカーから取り寄せてもらう必要がある（大量漏れ用のごわごわ商品は、大きなお店には置いてある）。

女性用商品はどこにでもあるのに、男性用が少ないのは、女性の方が構造的に漏れやすいからだろうが、喜寿老人もパッキングが緩んでいるので、ぜひ常備商品にしていただきたい。

ところがたまたま立ち寄ったスーパーの薬品売り場に、二〇cc用のパッドが山積みされていた。そこで大は小を兼ねると考え、ワンパック購入した。ところが数日後に再び訪れたところ、棚が空になっていた。誰かが買い占めたのか、それともあまり売れないので、メーカーに返却したのだろうか。

お値段は、一〇個入りパックが税抜きで五〇〇円とお手ごろだから、毎日取り換えてもいいのだが、まだ汚れていないものを捨てるのは惜しい。そこでまだ大丈夫そうな場合は、洗濯済みのブリーフに貼り替える。

台所用スポンジ、歯ブラシ、黄ばんだインナーの取り換えも悩ましいが、最も悩ましいのがシーツの取り換えである。窓際にすっぽり収まっているベッドのシーツ取り換えは、腰痛もちの老人にとって苦行である。

そこでシーツの上にタオルケットを敷いて、これを毎週取り換える代わりに、シーツ取り換えは二か月に一回でごまかしている。時折ダニ除去スプレーを振りまき、月に一回は布団掃除機でダニの死骸を吸い取っている。

ベッドを空き部屋に移動して、そこを寝室にすれば問題が解消されることは分かっているが、長くてもあと一～二年のことなので、いまさら手間とお金をかける気になれない。

4　介護予防施設

京葉道路を横断する際に一大決心が必要になった老人は、いずれ遠くない将来、車いすのお世話になる日が来ることを想像して、暗い気持ちになった。しかもSNS情報によれば、歩行速度が遅い老人は、認知症予備軍だという。

何か手を打たなければならないと思った老人は、自宅から一キロのところにあるスポーツ・ジムを覗いてみた。池江璃花子さんが通っていた「ルネッサンス・ジム」である。そこには様々なスポーツ機器が置かれていて、ムキムキの男性やピチピチの女性が汗を流していた。〝お呼びじゃない〟と思ったヒョロヒョロ老人は、スゴスゴ退散した。

ところが、早朝徘徊の際に挨拶を交わす五つ年上の独居おばあちゃまから、耳寄りな情報がもたらされた。一五歳の「コータロー」（ヒラノ老人の長男と同じ名前のダックスフンド）を連れて、手押し車を押してよちよち歩く身長一二〇センチ強のこの人は、元・町内会長の奥様で、税理士事務所を経営する長女（一橋大卒）のおかげで、経済的には恵まれた毎日を送っているようだ。

身体の状態は悪くても、頭の具合はしっかりしていて、コータローより先に逝かないよう、目いっぱい頑張っているとのこと。これまで二年にわたって、娘自慢、孫（吉本興業の幹部社員）自慢をたっぷり聞かせ頂いたが、〝吉本事件〟以来半年近くお目にかかる機会がない（孫のことが心配で寝込んでいるのでなければいいのだが）。

以下は二年前のコータローおばあちゃまとの会話である。

「お元気ですか」

「このところ脚が痛いので、階段の上り下りに苦労しています」

「一日何回くらい上り下りするのですか」

「コータローの世話があるので、一〇回以上です」

「それは大変ですね。知り合いのお医者さんから、階段を一〇段上ると寿命が七秒伸びるというアメリカでの調査結果があると聞きましたので、私も毎朝一〇〇段を目指して頑張っているのですが、このところ目標達成が難しくなりました」

ところで、階段一〇段＝寿命七秒増は、どうやって調べたのだろう。何やら怪しい話だが、もし正しいとしても、毎日一〇〇段、一〇年で三六万段上った結果、寝たきり時間が二五万秒

（約三日）長くなるのは考え物だ。

「私は一年ほど前から、近所の介護予防施設に通っています」

「どのようなことをやるのでしょう」

「歩行ベルトや自転車こぎなどです。膝が痛いので、ほんの少ししかできませんが、何もしないよりはましです。あなたも利用されたらどうですか」

急増する介護費用の削減に腐心する自治体は、高齢者がなるべく長い間自立した生活を送ることが出来るように、民間の介護予防施設に補助金を出しているのだそうだ。

「あちこちに似たような施設が出来ていますから、一度見に行って、気に入ったところに通えばいいのです。私がお世話になっている施設は、バスで送り迎えしてくれるので、とても助かっています」

「それはいいですね。どこに相談すればいいのでしょうか」

「すぐそこに、特養老人ホームがあるでしょう。その建物の一階に、高齢者支援センターがありますから、そこで相談されたらどうでしょう」

そういえば三年ほど前に、そのセンターのスタッフが、独居老人の家を訪れたことがあった。

「高齢者支援センターの者ですが、何かお困りのことはございませんか」

「特に困っていることはありませんが、どのようなサービスを提供していただけるのでしょうか」

「定期的に見廻りに伺って、なにか問題があればその都度ご相談に乗ります」

「今のところは大丈夫です」

〝あの時以来すっかりご無沙汰していたが、相談してみよう〟。いつになく素早く決断した老人は、翌日相談に出かけた。応対に出たのは、四〇代のカウンセラーYさんだった。

「近所に住んでいる七七歳の独居老人です。運動機能維持のために介護予防施設に通いたいのですが、どうすればよろしいでしょうか」

「そのためには、まず保健所の認定を受ける必要がありますので、日常生活や健康状態を教えてください」

そこでヒラノ老人は、現在のところは自立した生活を送っているが、このところ歩行速度が落ちたこと、数十年にわたる腰痛と脚痛のせいで、しばしば歩行困難になること、両手の腱鞘炎に悩まされていること、大腸憩室による出血予防のために降圧剤を服用していることなどを縷々説明した。

「いま伺ったことから判断しますと、認定を受けられる可能性はあると思います。こちらで申請書を作成して、明日お宅に郵送しますので、内容をチェックしたうえで間違いがなければ署名捺印して、保健所に送付してください。

二〜三週間すると、保健所の係員が調査にやってきます。その時いろいろ質問を受けますが、とても困っているということを説明してください。保健所は厳しく査定しますので、そのあたりは十分お気をつけください」

「なるほど。ウソにならない範囲で、困っていることをなるべく大げさに説明しなさい、ということですね」

「――――」

認定を受けたい独居老人と、なるべく認定したくない保健所。久しぶりの真剣勝負に元ウソつき少年の胸は躍った。

保健所の係員がやってくる前日、一時間ほどかけて大掃除をやった。玄関の掃除、床のクリーニング、仏壇のお清めなどをやった後、買い置きのワイン、ウィスキー、焼酎、日本酒、ウォッカ、ジン、ブランデーなど、全部で一ダース以上あるアルコールのボトルを空き部屋に移動した。

独居老人が抱えるリスクは、ウツ、引きこもり、アル中、栄養不良、セルフ・ネグレクトである。ウツとネグレクトは問題ないとして、部屋の中に一ダース以上のボトルがあれば、調査票にアル中の疑いありと書かれる恐れがある。

通産省傘下の研究機関が、三〇年ほど前に出した報告書によれば、仕事が終わった後にビールが飲みたくなる人はアル中だという。つまり日本のサラリーマンの大半がアル中だというのである（これは明らかにおかしい）。

一方畏友・江藤健一氏の定義によれば、朝から飲む輩が純正アル中で、アメリカ映画では当たり前の、昼から飲む輩は疑似アル中である。

現役中に疑似アル中になった男は、定年後に純正アル中になる可能性が高い。そこでアル中になりたくない老人は現役中も、ウィークデーは暗くなるまでアルコールに手を出さないことに決めていた（週末は別である）。

具体的に言えば、冬の間は六時前には飲まない、夏の間は七時前には飲まないということである。八時までにベッドに入る習慣の老人は、ビールなら小二缶、ワインや日本酒なら二合弱、ウィスキーならオン・ザ・ロック二杯でタイムアップになる。

それなのに、なぜこれほど多くのアルコールをストックしているのか。それは日によって飲みたいお酒が異なるからである。ある日はウィスキーの水割り、ある日はブラディー・マリー（ウォッカのトマトジュース割）、ある日は日本酒の熱燗、そしてある日は……。飲みたいときに飲みたいものがないと、気分がよくない。

外に飲みに行くのは面倒だから、いつでも飲みたいものが飲めるように、多めに買い置きしているのである。

ピカピカになったマンションにやってきた、目つきの鋭い保健所の調査員は、老人に様々な質問を浴びせた。

「介護予防施設に通う具体的な目標を教えてください」

「信号が変わらないうちに、京葉道路を渡りきることが出来る程度の歩行速度を維持することです。走って渡れるようになりたいとは、夢にも思いません」

「それ以外に何かありますか」

「杖が無くても、一〇〇〇歩程度は歩けるようになりたいです」

この後、歩行速度、椅子からの立ち上がり速度、片足立ち維持時間などの運動機能を入念にチェックした。

この日は脚の具合が悪かったため、歩行速度を偽装する必要はなかった。またふわふわ症候群のせいで、片足立ちは目いっぱい頑張っても五秒も続かなかった。調査員の表情を見れば、何を考えているか見当がつく。〝合格の可能性は七分三分ではなかろうか〟。

普段お世話になっている内科医の名前を聞かれたことからすると、本人の申告に嘘がないことをチェックするつもりだろう。

判定の結果は〝合格〟だった。Yさんの説明によれば、設立間もない介護予防施設は経営が苦しいので、保健所としては、つぶれない程度の人数を斡旋しなくてはならないということだった。

Yさんから紹介された二つの施設のうち、D社は朝九時から昼まで三時間ほど運動した後昼食を取り、午後はゲームや合唱をやるという。しかし、ゲームや合唱は好きじゃない。

もう一方のE社は、午前もしくは午後約三時間の運動だけである。現在のところはこの程度でよさそうだ。この結果、〝百歳まで歩く〟を標榜するE社のお世話になることに決めた。白内障の手術は四か月待たされたが、今回は初動からわずか二か月で決着した。

この後E社と交わした契約の内容は以下の通りである。

毎週水曜の朝八時四五分に、送迎バスで自宅前までお迎え。九時過ぎから約二時間半、理学療法士のサポートの下で、各種エクササイズ。途中に二〇分のもぐもぐ・おしゃべり時間があって、一二時過ぎにバスで帰宅。費用は三割負担で月に約七五〇〇円（一割負担の人はこの三分の一である）。

四月初めにE社の本所センターに初登校したところ、三〇人弱の老人が集まっていた。全体の三分の二が女性である。男性の大半は七〇代後半から八〇代半ばで、最高齢者は九五歳のS氏、最も若いのが私より二つ年下のI氏である。

ほとんどは要支援二から要介護二までの老人で、〝曲がりなりにも健常な老人〟は一人だけである。中には、ほとんど歩けない要介護三の人や、認知症が進んだ人もいる。要介護度が高い人の中には、週に二〜五回来ている人もいるという。

こういう場所では、あまり個人的なことは話さない方がいいと思ったが、中には話好きなじいさんもいる。その結果三か月ほどの間に、いろいろなことが分かってきた。

男性メンバーの現役時代の職業は、寿司屋のおやじ、メリヤス工場の経営者、都庁のお役人、（本所地区で一番大きな）青果物商、薬品会社勤めの薬剤師、ＩＨＩ勤めの技術者、日本ＩＢＭの営業マン、海上保安庁巡視船の乗組員などなど。これまで個人的にお付き合いしたことがない職種の人が多い。

ほとんどは脳梗塞、骨折などの後遺症で、要支援もしくは要介護認定を受けた人たちで、最高齢者は九五歳の元消防署員（太平洋戦争の生き残り）である。

それぞれ四〜五人のグループに分かれて、歩行ベルト、自転車こぎ、ブルブル（振動盤）、スクワット、身体と頭の体操、足マッサージをそれぞれ二〇分ずつ行うのだが、二〜三回通った結果、総運動量はウォーキング換算で七〜八〇〇〇歩であることが分かった。

歩行ベルトを時速四キロに設定して、一時間大股歩きすれば、八年前の颯爽たる老人が戻ってくるかもしれないが、二〇分ではあまり効果がないだろう。しかし週に一回運動すれば、毎週七万歩徘徊という目標達成が楽になる。

毎月一回運動能力の測定が行われる。五メートル先まで歩いてＵターンし、出発点に戻るまでに必要な時間、同じく一五メートル先まで歩いて戻る時間、椅子から立ち上って座る運動を三〇秒間で何回やれるか、何秒間片足立ちできるか、最大前傾距離など。

これらのデータは保健所に送られて、運動機能が改善されているか否かがチェックされ、一年ごとに認定の更新が行われるという。

三か月ほどしたころ、孫自慢の元メリヤス工場経営者（今はマンション経営者）の姿が見えなくなった。理学療法士に尋ねると、それまで週に三回サービスを受けていたが、運動機能が改善されたため、月曜と木曜の二回になったのだという。

E社はしばらく前に、新たな介護予防施設をオープンした。料金は月に八〇〇〇円で、一回につき三〇分までなら毎日でもOKだという。施設長は、体調がいい人はそちらを利用するよう勧める。それによってE社はより多くの収入を手に入れ、保健所は介護支出を減らすことが出来るという仕掛けである。もちろん利用者の支出は増える。

通い始めてから半年後に、お節介焼きの元不動産業者の姿が見えなくなった。要支援認定を取り消されたため、（強制）卒業になった由。そこで卒業したくない老人は、二年近くこの施設に通っている元製薬会社勤務の薬剤師H氏に相談した。この人は二年前に膵臓の全摘出手術を受けた、要支援二のご同輩である。

「認定が取り消されると困るのですが、何かお知恵を拝借できませんか」

「毎月の運動機能測定の際に、縞模様の結果を出すことですね」

「縞模様ですか？」

「今月は良い結果が出たら、来月は悪い結果を出すのです。一直線に改善していると判定されたら、認定レベルを下げられます。また全く効果がないと判定されると、認定されなくなるという噂です」

「なるほど。一回おきに頑張って縞模様の結果を出すと、認定を取り消されないで済むということですか」

「そういうことです」

その後次第にメンバーが増えて、定員の八割以上が埋まった。介護予防施設の存在が知られるようになるにつれ、希望者が増えているのである。その結果、E社は墨田区の居住者以外は受け入れないことにした由。

施設長はますます熱心に卒業を勧める。三〇人中ただ一人の健常者は、いかにして卒業を免れるか知恵を巡らせた。

ヒラノ老人は数日後に、N内科医で年に一回の高齢者検診を受けることになっていた。ところが検診当日、左脚の付け根が酷く痛んだため、一キロ歩くのに通常の二倍近い時間がかかった。

「おはようございます」

「体調はいかがですか」

「今朝はここまで歩いて来るのに一苦労しました」

「そうですか。歩行困難の原因は肺気腫かもしれませんので、調べてみましょう」

〝肺気腫と言えば、先ごろ亡くなった俳優のTがかかっていたあれだ。近い将来、酸素ボンベのお世話になるということか⁈〟。

医師は肺のX線検査と呼吸機能の検査を行うという。X線検査は過去三〇年間、一度も受けたことがない。小学生時代に受けたツベルクリン検査で、強陽性という判定を受けた老人が、この歳になって肺結核にかかることはありえない（はずな）ので、放射線被ばくリスクを考えればやらない方がいいと考え、毎年拒否してきたのに、有無を言わさぬ口調で言われれば従うしかない。

検査の結果、X線写真には異常がなかったが、肺年齢は九〇歳（！）という数字が出た。実年齢より一二歳も上である。

「やはり肺気腫の疑いがありますので、吸引薬を処方しましょう」

「どのくらい悪いのでしょうか。これまで呼吸困難になるようなことは無かったのですが……」

「まだそれほど悪い状態ではないと思いますが、症状が悪化しないように、薬の吸引はやったほうがよろしいでしょう」

処方されたのは、一か月分で六〇〇〇円もする「エンクラッセ」という薬だった。ひとたび肺気腫になった人は完治しないので、これから先ずっと使用し続けなければならないとやら。

これまで処方されていた降圧剤、抗アレルギー剤、整腸剤、保湿薬などを合わせると、（三割負担で）八〇〇〇円を超える。眼科と合わせると、薬代だけで毎月一万円超である。

家に戻ってネットで調べると、ヒラノ老人の症状はステージ一なので、酸素ボンベが必要なステージ五に到達するのはずっと先だが、厄介な持病が一つ増えたことには違いない。

肺気腫に罹った原因は喫煙だろう（二〇代の終わりから五〇代初めまで、毎日一箱以上のたばこを吸っていた）。何回も失敗した禁煙に成功したのは、妻が心室頻拍に罹ったおかげである。〝心臓病の妻に、副煙流を吸わせるわけにはいかない〟。

しかしそれより前から、肺機能の衰えには気が付いていた。四〇代半ばにカラオケで、松田聖子の「赤いスイートピー」を歌ったところ、息が続かず赤恥をかいたことがあった。〝これまでこんなことは無かったのに！〟。この時以来ヒラノ教授は、いくら誘われてもカラオケはパスした。

早朝徘徊の際にしばしば出会う、タワマン暮らしの元旅行社重役ランナーに肺気腫の話をしたところ、意外なことが分かった。この人のおやじさんは高校教師だったが、本人も同僚たちも七〇代半ばに、肺気腫でバタバタ死んだというのである。

「タバコを吸わなかった親父は、肺気腫に罹ったのは、チョークの粉が原因だと言っていたよ」

「そうですか。私も四〇年以上教師稼業をやっていましたから、そのせいですかね」

〝高校教師と違って大学教師は、週に二〜三コマしか講義をやらないから、粉の吸引量はずっと少ないはずだが、タバコとの相乗作用か〟。

「ステージ五の肺気腫になると、どのくらい苦しいのでしょうか」

「看護婦さんは、『富士山の五合目で、一〇〇メートルダッシュをするようなものです』と言っていたよ」

「そりゃ、苦しいですね」

ところが、肺気腫宣告は思いがけない効果を生んだ。この病気のおかげで、要支援一という資格が得られたのである。

ヒラノ老人は難病を発症した妻が、要介護二の認定を受けたときのことを思い出した。介護保険制度が発足して間もないころだったので、保健所に何度も足を運ぶ必要があったが、今や手続きはずいぶん簡単になった。

要支援一は、要介護五（寝たきり状態）に至る長〜い要介護生活の一里塚である。本来であれば頂戴したくない資格であるが、このおかげで強制卒業の心配はなくなった。

一年余りの時間が経過するうちに、新規加入者の増加、曜日の変更、体調の変化などでメンバーの三分の一が入れ替わった。しかしその中の男性独居老人は、依然としてヒラノ老人一人だけだった。

七〇代後半老人の奥様の大半は七〇代である。日本人女性の平均寿命は八四歳だから、七〇代の女性の大半は（病気持ちだとしても）まだご存命だろう。しかし八〇代、九〇代の男性の中には、一人暮らしの人がいてもおかしくない。

ところが彼らのすべて（五人以上）は、奥様と一緒に暮らしている。統計学的に見て、これはやや不自然である。つらつら考えた結果、次のような結論に達した。

歳をとってから奥さんと死に別れた人の六割は、三年以内に死ぬといわれている。その原因は様々だろうが、がん、心臓病、脳梗塞などの老人病のほかは、アル中、ウツ、引きこもり、セルフ・ネグレクトが多いようである。

これらの病気にかかった人は、介護予防施設に通う気にならなくても不思議はない。中には健康であっても、月々二五〇〇円のお金を払うことが出来ない人もいるだろう。喜寿を超えた今もなお、九年近くにわたって自立した独居生活を続け、運動施設に通う老人は、珍しい存在なのだ。

運動機能が劣えた要支援一老人は、日々の暮らしにあれこれ不都合を感じるようになった。炊事、洗濯、室内掃除などは問題がないが、買い物、ゴミ出し、病院通いはやや辛い。

要支援一に認定されると、介護保険から月額五万までの介護サービスが受けられる。三割負担の場合は、月々二万円ほど払えば、週に一〜二回の買い物、ゴミ出し、炊事などはやってもらえるわけだ。しかし、ひとたびこのサービスを受けると怠け癖が付く。

スーパーマーケットは電話注文に応じてくれるから、いざとなれば一回につき三〇〇円ほど払って運んでもらえばいい（介護保険を利用して家事サービスを受けるより、この方が安い）。しかし、これから先一層運動機能が落ちたら、介護保険の利用を考える必要が出てくるだろう。

妻は要介護二の認定を受けたときに、間もなくやってくる車いす生活を想定して、畳の部屋を床張りに変え、玄関の段差をなくし、廊下には手摺りを張り巡らせた。要介護二の人には、介護保険から月額約二〇万円が支給される。妻の所得は年間九〇万円の障碍者年金だけだったから、さまざまな工事に必要なお金の九割は介護保険でカバーされた。

妻が亡くなる直前に自宅に戻った老人は、部屋中に張り巡らされた手摺りを取り外そうと考えたが、かなりの工事費がかかるので見合わせた。ところがその数年後、ふわふわ症候群を発症したので、あのとき取り外さないでよかった、と天に感謝したのでした（なお後で書くように、ヒラノ老人は車いす生活になる前に、介護付き有料老人ホームに入居する予定である）。

　こんなことを考えながら、独居老人は今も週五回の買い物、週三回のゴミ出し、週に一回の介護予防施設通い、月に二～三回の医者通いで、運動機能維持に努めている。

　年齢別死亡統計によれば、七八歳の日本人男性の年間死亡率は、約四％である。ところが八〇代に入るとこれが急上昇し、八五歳の死亡率はほぼ一〇％になる。つまり一五人の男性メンバーの中から、毎年一人ずつ三途の川を渡る人が出るのだ。

　ところが元薬剤師から聞いたところでは、高校時代の同期会に出席した九人のご婦人たち（全員七八歳）の連れ合いのうち八人は、すでに亡くなっているという。彼らの大半は八五歳以下だと思われるが、もしそうだとすれば、ヒラノ老人が八五歳まで生きる確率は、一〇％程度に過ぎないということだ。

　しかしよく考えると、この結論は怪しい。なぜなら出席しなかった一六人の女性を無視しているからである。彼女らの半数以上はまだご存命だと思われるが、出席できなかったのは、本人の体調不良もしくは、まだ生きている夫君を介護しているからではなかろうか。このあたりのことを考慮すれば、ヒラノ老人が八五歳まで生きる確率は、二〇％くらいだろう。

　介護防止施設のお世話になっている老人の大半は、危ない病気を生き延びてきた人たちだから、いつ誰がいなくなっても不思議はない。だから誰かがお休みすると、理学療法士に質問が

集中する。答えが

Aさんは体調が回復したので、卒業して奥さんと旅行を楽しんでいます。

Bさんは別の施設に移転しました。

Cさんは家族と別荘に長期滞在中です。

の場合は、めでたし、めでたし。一方、

Dさんはスーパーで転倒して、大腿骨骨折したため入院中です。

Eさんは脳梗塞が再発して入院中です。

Fさんは奥さんの介護疲れでうつ状態のようです。

の場合は一同暗い気持ちになる。

一年以上通っていると、何人か気心が通じる友人が出来る。同世代の人が多いから、共通の話題が多いのだ。（一方的かもしれないが）ヒラノ老人が親しみを感じているのは、元薬剤師のHさん、元ＩＨＩのエンジニアＹさん、元ＩＢＭの営業マンＳさん、元都庁のお役人Ｉさん、そして元青果物商のOさんの五人である。

ヒラノ老人と同年齢Hさんは、ステージ一のすい臓がんと診断されたときに全摘出手術を受けた、思い切りのいい人物で、今はパーキンソン病の奥さんを介護しながら、きわめてアクティブな日常生活を送っている。大相撲の木瀬部屋後援会のメンバーで、二〇二〇年の初場所で優勝した徳勝龍の優勝祝賀会に出席したとやら。

八〇代初めのYさんは、病弱な奥さんと二人暮らしで、奥さんもこの施設に通っている。このくらい穏やかで仲がいい夫婦は滅多にいない。特に夫の面倒見の良さには、表彰状を差し上げたいくらいだ。

二つ年下のSさんは、四〇代に交通事故で瀕死の重傷を受けて歩行困難になったため、Hさん同様週に三回この施設に通っている。この人は食料品は生協で、それ以外の物品の大半は（ヒラノ教授の天敵）アマゾンの通販で購入しているそうだ。

Sさんと同年齢のIさんは、早々と役人生活から足を洗って、民間企業に転出したスポーツマン。脳梗塞の後遺症があるが、地元の水泳大会や卓球大会に出場するために、歩行ベルトでは時速六キロの大股歩きで、仲間たちの称賛を浴びている。

二つ年上で要介護三のOさんは、週に五回この施設に通い、五〇年にわたって週に一回場外場馬券売り場に通う忙しい人である。

たとえ週に一回でも、体操の合間に元気な老人たちと他愛のない会話を交わして、あっはっはと笑うと、気持ちが明るくなる。欠席すると仲間たちが心配する可能性があるので、多少体調が悪くても出席して、軽めの運動で切り上げる。この一年余りで、風邪をひいて二回欠席したが、その時はやむをえない用事が発生したことにした。

5　初めての主治医

養老孟司先生は、死後のことを心配する必要はないと仰いますが、SNS上に掲載された遺品整理業者のレポートを読むと、長く放置された死体はとてもおぞましいようだ。ウジ虫に囲まれた死体を残すのは、ヒラノ老人が目標とするNNS（望ましい二人称の死）の対極にある死に方である。

そこで、介護施設から自宅に戻るとすぐに警備会社との契約を復活した。トイレの前に設置された赤外線センサーの前を、一二時間以上発熱物体が横切らないときは、異常が発生したものと判断して、見回りに来てくれるのである。

また体調が悪くなったときに緊急ボタンを押すと、五分以内に（実際には交通渋滞などで一五分くらいかかることもあるようだ）警備員と救急車が駆けつけてくれる。難病の妻は、三か月に一回くらいこのサービスのお世話になっていた。

空き巣が屋内に侵入した時は、問い合わせの電話が掛かってくる。これに対して応答がないときは、警備員が駆け付けてくれる。しかし駆け付けた時には、隠しておいた現金は持ち去られた後だろう。

契約してから八年の間に、緊急呼び出しを掛けたのは、ガスをつけたまま外出したのではないか、と不安になったとき一回だけである。係員が家の中に入ったところ、ガスは消えていたそうだが、ガス会社によれば、上に乗っている鍋が焦げて高温になったときには、自然に消えるようになっているとやら。

腐乱死体以上に恐れているのは、延命措置を施されて、管につながれたまま空しく苦しい寝たきり生活を強いられることである。要介護五の妻が誤嚥性肺炎を起こしたとき、医師の勧めに従って、(延命措置とは思わずに)気管切開を施したために苦しい思いをさせたことは、生涯の痛恨事である。

そこでヒラノ老人は独居生活を始めてすぐに「尊厳死協会」に加入して、延命措置不要という宣言を行った。玄関の扉にこのことを記した紙を貼っておけば、救急隊は延命措置を見合わせてくれるのではないか。

しかし、必ず貼り紙を見てくれる保証はないし、救急隊の任務は人命を救うことだから、貼り紙を無視して延命処置を施される可能性がある。息子たちには自分の意思は伝えてあるが、緊急時に連絡がつかないこともある。

そのような場合、主治医の名前と連絡先を記しておけば、延命措置を施されずに済む可能性が高まる。残念なことに、これまでお世話になってきたN医師は、「そのような要望には応えられません」とけんもほろろである。

自宅で倒れた場合でもこうなのだから、外出時（特に早朝徘徊の際）だと一層厄介である。身分証明書を所持していなければ、身元不明の行旅死亡人（行き倒れ）として扱われ、子供たちに迷惑をかける。

そこでこのような悩みを高齢者支援センターのYさんに話したところ、訪問医療制度なるものがあることを教えられた。

訪問医療機関と契約すると、主治医が月に一回ないし二回往診してくれる。緊急の場合も二四時間対応してくれる。あらかじめ主治医に、延命措置不要という意思を伝えておけば、自分の意思を貫徹できる可能性が大きくなる。

幸い一年ほど前に、自宅から一キロ弱のところにオープンしたKクリニックは、この種のサービスを提供していることが分かったので、さっそく話を聞きに行った。

平成から令和に代わる際の一〇連休のとき、大半の開業医は当然のことのように一〇日間診療を休んだ。後期高齢・独居老人は、この一〇日が何事もなく過ぎますように、と願うばかりだった。医師会も厚生省もこれを黙認したが、そのようなことでいいのだろうか。

ところがKクリニックは、この期間も（日曜以外は）オープンしていたそうだ。お盆休みも取らないとやら。外来患者に対しても、一般の開業医より手厚いサービスを提供してくれるのである。

毎月二回の往診に要する費用は、月々二万四〇〇〇円（月一回ならこの半額）。外来の場合の一〇倍のお金がかかるわけだが、主治医が一時間以上拘束されるのだし、緊急時も二四時間対応してもらえるのだから、この程度の出費は仕方がない。

日本は医療保険制度が充実した国だが、一定以上のサービスを受けようとすると、かなりのお金がかかる。そのいい例が、がんの特効薬オプジーボである。保険の対象になるとはいっても、一〇〇〇万円単位のお金がかかるらしい。

「オリンピックのころは生きていない」と言っていた大物政治家（東京オリンピック組織委員長）は今もご健在だが、日本もアメリカのように、お金持ちは長生きで貧乏人は早死に、という時代がやってきたのである。

Kクリニックとの契約には、これまでお世話になってきたN医師の「診察情報提供書」が必要である。以前墨田区の内科医に、文京区の内科医に医療情報を提供するようお願いしたとき、とてもいやな思いをしたことがあるので心配したが、事情を説明するとあっさり了承してくれた（手数料は一七〇〇円）。N医師は、ヒラノ老人の健康状態（歩行困難と肺気腫）から見て、いずれ訪問医療への移行が避けられないと思っていたようだ。

二週間後、KクリニックのI医師と面談した。普段は江東・隅田地区の何人かの患者の訪問医療を行っているのだが、週に一日だけ外来診察を行っているのである。I医師は年の頃六〇代半ばの、優しい目をしたお医者さんだった（良い内科医の第一の条件は、目が優しいことである）。

「初めまして。八年間一人暮らしをしている七八歳のヒラノです。よろしくお願いいたします」

「N先生の診察情報提供書には、肺気腫と書かれていましたが、ここまでの長い廊下を普通に歩いてこられたし、息も切れていませんね」

「定期健診の時に、歩くのが辛いと申告したところ、肺気腫の疑いありと言われました。息苦しさもないのに不思議だなと思いましたが、息を吹き込む検査で、肺機能は九〇歳という数字が出ました」

「あの検査はなかなか難しいのですよ。吹き込み方次第で、肺年齢が一〇歳くらい大きく出るのは普通のことです。私の専門は呼吸器ですが、あなたは肺気腫だとは思えませんね」

「そうですか！　若いころから、毎日一箱以上タバコを吸っていましたので、四〇代から肺気腫にかかっていたのではないか、と思っていました」

「普通の医師はこのようなことは言わないものですが、私は普通の医師は卒業しましたので言いますと、N先生の診断は誤診の可能性が高いですね」

「そうですか。安心しました」

「しかし、その恐れが全くないわけではありませんから、今のところエンクラッセの吸引は続けてください。次の高齢者定期検診の時に詳しく検査しましょう」

一通りの診察を終えたI医師の診断は、以下の通りだった。

「現在の状態から判断すると、訪問医療サービスは時期尚早です。当面は毎月一回の外来でいいでしょう。血液検査の結果を拝見したところ、あなたは一〇〇歳まで生きるかもしれませんよ」

「一〇〇歳ですか?! それは困ります」

「皆さんそうおっしゃいます」

「血液検査では、正常範囲から飛び出している項目がいくつかありますので、それほど長生きできるとは思っていませんでした」

「二つの項目が飛び出していますが、いい方向に飛び出しています。こういう人はとても長生きなのです」

「そうとは知りませんでした。今日この日まで、血液検査の結果について、詳しい説明を受けたことは一度もありませんので」

普通の医師は、次々とやってくる多くの患者に、詳しく説明している暇がない。しかしI医師は、一〇分以上にわたって各項目に関して説明したあと、日常生活に関する質問を始めた。

「貴方は年齢の割にいい体格をしておられますね。なにか運動をされているのですか」

〝腕や腿の太さのことを言っているのだろう。要するに太っているということだ〟。

「毎日一万歩のウォーキングと、介護予防施設で週に一回三時間ほど、歩行ベルトや自転車こぎをやっています。体格がいいというのは、胸廻りや腿が太いことを仰っているのでしょうが、それは若いころラグビーをやっていたせいです」

「ラグビーですか！」

「二年間フロントローをやっていたおかげで、体が頑丈になりましたが、その代わりに指の腱鞘炎、腰痛、歩行困難に悩まされています。友人たちも、若いころ過激な運動をするとろくなことは無い、とぼやいています」

「そうですか。実は私も大学時代に、六年間フロントローをやっていました。だから脚や腰が痛くて困っています」

「六年間ですか。道理で先生の腿の太さもハンパじゃないですね」

「どちらが太いか比べてみましょうか」

「多分先生の勝ちでしょうが、それとは別に一つお願いがあります。私は数年前に尊厳死協会の会員になりました。難病の妻が誤嚥性肺炎を起こしたとき、肺炎が治れば元通りの暮らしに戻ることが出来るという医師の説明を信じて、気管切開を受けさせました。その結果、妻は悲惨な一年間を過ごしました。私はあのような状態で生き続けるのは、絶対に嫌なのです」

「健康な人であれば、肺炎は適切な治療を受ければ回復します。たとえば、エリザベス・テイラーが『クレオパトラ』の撮影中に肺炎にかかったとき、気管切開手術を受けましたが、回復したあと切開した喉の穴を塞いで撮影に戻りました。しかし体力が衰えている老人の場合は、まずこのようなことはありません。私は難病の老人に気管切開を施すことは勧めません」

「延命治療は辞退しますという文書を、自宅の玄関に貼ってあるのですが、救急隊がやってきたときこれに気が付かないで、延命措置を施される可能性がありますか」

「そういうことは大いにあり得ます」

「そこであらかじめN先生に私の意思を伝えておいて、救急隊から連絡を受けた場合に、その旨伝えていただけないかとお願いしたのですが、そのような依頼は受けられないと断られました。

訪問医療を受けようと思ったきっかけはそれですが、外来の場合でも、非常時に先生に連絡があったときに、私の意思を伝えていただくことは可能でしょうか」

「連絡があれば伝えることは出来ます。お年寄りの中には、あなたのような希望を持つ人は多いのですが、それでも一〇〇％確実とは限りません。救急隊の使命は人命を助けることだ、と考えている人が多いので……」

「分かりました。訪問医療契約を結んでも、延命措置リスクは残るということですね」

「残念ながらそのとおりです」

この後患者と医師は、ワールドカップを前にして、二〇分以上ラグビー談義を楽しんだ。九時〇〇分から始まった診察が終わったのは、九時五〇分だった。

診察室の外では若い女性が診察を待っていた。看護師の説明によれば、このクリニックでは、一時間につき二人までしか予約を取らないということだった。特に初診の場合は、診察に時間がかかることを想定して、九時台に予約していたのは一人だけだったらしい（外で待っていた女性は一〇時の予約だったよし）。

一時間近く診察を受けたにもかかわらず、診察料はＮ医師による五分間の診察料一五〇〇円より安かった。訪問医療で十分収益が上がっているので、このようなことが出来るのだろうが、Ｉ医師は長年勤めた大病院時代より、今の方が仕事はずっと楽だと言っていた。

このあとヒラノ老人は、毎月一回外来でＩ医師の診断を受けた。二四時間対応のためには、訪問診療代一万五〇〇〇円を払わなければならないが、肺気腫は誤診の可能性が高いという診断と、一〇〇歳まで生きるかもしれないというお見立てに、訪問医療の契約は先延ばしした。先延ばししているうちに、不測の事態が発生する可能性がないわけではない。しかし、契約を結んでも確実に延命治療を回避できるとは限らないのであれば、年間一八万円の出費はもったいないと判断したのである。

もう一つの問題は、次回の健康診断で肺気腫が誤診だという結果が出た場合に、要支援一の認定を取り消されることである。このところ、E社の介護予防施設はますます繁盛しているから、この資格がなくなれば、強制卒業の可能性が高まる。

ここは元ラガーマン同士のよしみで、肺気腫診断が取り消されないようにお願いするしかないが、呼吸器が専門の医師に、肺気腫誤診をお願いするのは恐れ多い。

この後毎月一回、I医師の検診を受けた。そしてこの検診は、友人との会食並みの楽しみになった。

三回目の受診の時、ラグビー談義のついでに気にかかっていたことを質問した。

「先生は先日、肺気腫は誤診かもしれないと仰いましたね」

「息苦しさはないということですし、肺の機能にも問題がなさそうです。血液中の酸素濃度が九七％以上ありますからね」

「それは嬉しいのですが、もし肺気腫ではないということになりますと、要支援一の認定は取り消されますね」

「その可能性はあります」

「取り消されますと、介護予防施設から追い出されますので……」

「なるほど、なるほど。他に何も問題がなければ取り消されますが、あなたの場合は歩行機能に問題がありますし、そもそも一人暮らしの老人は、要支援認定を受けやすいのです。私は墨田区の要介護認定作業に関わっていますが、現在のところ日本の医療制度は、困っている人から、いったん手に入れた大事な資格を取り上げるようなことはありません」

「そうですか。安心しました」

〝縞模様作戦を実行すれば、これから先当分、Ｅ社の素敵な理学療法士さんに面倒見てもらうことができるのだ〟。

一安心したヒラノ老人は、要支援一の条件を調べてみた。分かったことは、

・居室の掃除や身の回りの世話の一部に、何らかの介助を必要とすること
・立ち上がりや片足立ちでの立位保持などの複雑な動作に、何らかの支えが必要なこと
・排せつや食事はほとんど自分一人でできること

などの条件が満たされれば、要支援一の資格が与えられ、介護保険制度によって（月々五万円までの範囲で）様々なサービスが受けられるということが分かった。つまり歩行の際に杖の使用が必要な老人は、たとえ肺気腫ではないとしても、要支援一の条件を満たしているのだ。

一方要支援二はどうかと言えば、文言上は要支援一とほとんど違いがない。つまり要支援一か二かは、調査員の主観に依存する部分が大きいのである。ところが要支援二の場合は、一に比べておおよそ二倍（月々約一〇万円）のサービスが受けられるから、この認定を受けるためには、保健所の調査員と本格的に戦わなければならないわけだ。

ここで二〇一九年秋に受けた、肺気腫の精密検査の結果について書いておこう。この検査は全力で何回も息を吹き込むという、老人にとっては辛いものだったが、検査の結果は〝境界状態〟だった。より確実な結果を得るためにはCT検査が必要だが、そこまでやる必要はないだろうというI医師のアドバイスに従って、パスすることにした。

これで要支援一が取り消されると大ピンチだが、一か月後に保健所から届いた「介護保険被保険者証」には、要支援二と記載されていた。一年間の努力の甲斐もなく、運動機能が劣化したためだろうか。

ケアマネージャーに訊ねたところ、「介護認定には身体条件だけでなく、メンタル条件も勘案されます。一人暮らしの方はメンタルなトラブルを抱えやすいので、要支援レベルがアップしたのではないでしょうか」と言う。自分では問題ないと思っていても、傍から見ればアラ傘(サン)の独居・肺気腫老人は、要支援二でも不思議はないというのである。

要支援二になると、介護保険からほぼ倍額のお金が支給される。介護予防施設にも週に二回通うことが出来る。しかし二回だと二倍くたびれるし、二倍のお金がかかる。そこで当面一回だけで済ませようと思っていたところ、一回でも料金は倍になるという。

何かの間違いだと思って区役所に問い合わせると、それが介護制度の決まりだと仰る。要支援二の老人は週に二回くらい運動しないと、現状維持はおぼつかないということかもしれない。そこで二〇二〇年の一月から、週に二回出勤することに決めた。

老人には〝きょういくときょうよう〟が必要だし、〝一日一回大笑い、一日一〇人とのおしゃべり、一日一〇〇回の深呼吸〟が大事だそうだから、お金の件は仕方がないと思っている次第である。

ついでに要支援よりグレードが高い、要介護一の条件を書いておこう。

・買い物や家事など、一人で生活していく能力が低下していること
・排泄や入浴など必要最低限の生活に、部分的な介護が必要なこと

そして排泄、食事が一人でできなくなると要介護二に昇格し、介護保険からの月額給付金は要支援二に比べて月々一〇万円アップする。自治体としては、（要介護老人を減らすための）介護予防施設への投資は、十分ペイするのである。

古希を迎えるまで、ほとんど病気と無縁だったヒラノ老人には、主治医と呼べる人はいなかった。歯科医を除けば、勤務先での年一度の健康診断が、医師との付き合いのすべてだった。ところが五年前に大腸憩室を患ってから気が弱くなった老人は、親身になって面倒を見てくれる医師、即ち主治医の必要性を強く感じるようになった。毎月一回診察を受けるN医院では、多くの老人や小児が診察を待っているので、血圧と熱を測ったあと、アーンと口を開けてハイ終わりである（肺気腫の検査をやったのは、たまたま大雨だったため、患者が少なかったせいではなかろうか）。

生後七八年目にして出会った、初めての信頼できる主治医に、長らく気にかかっていた問題について尋ねた。

「すでにお話ししましたが、私は五年前に大腸憩室で二回大下血を起こしました。二回目に退院するとき東大病院の先生は、腸の状態が落ち着いたところで内視鏡検査をやりましょう、と仰いました。しかし息子に聞いたところでは、内視鏡検査はかなり辛いということなので、そのままになっています」

「あの検査は大変です。腸の中を空にするために、前日から下剤と大量の水を飲まなければならないのです。最近手術中の麻酔薬使用が禁止されましたので、体力がない老人にとってはきつい検査です。内科医である以上、私も一度は検査を受けなくてはならないと思っているのですが、辛そうなので先延ばしてきました」

「やっぱり大変なんですね」

「大変そうですが、近々受けることにしました。内科医としては一度くらい受けておいた方がいいと判断した結果です。いずれその結果をお知らせしますから、参考にされるとよろしいでしょう」

この話を聞いたヒラノ老人は決断した。再び大下血を起こすまで大腸検査はやらない、と（しかしI先生に勧められたら、医者に弱い老人の決断はたちまちひっくり返るだろう）。

「次の定期健診の件でお願いがあります。現役時代の職場の定期健診で、私は胸のX線検査と胃のバリウム検査は受けないことにしていました。放射線を浴びるリスクとメリットを比べた結果です」

「医師の立場から言えば、全部受けていただくことが望ましいのですが、ご要望は分かりました」

「助かります」

現役時代に看護師は、熱心に肺のX線検査を勧めたが、ヒラノ教授は断り続けた。しかし最近になって、看護師さんには申し訳ないことをした、と思うようになった。このところ老人の間でも結核患者が増えているからである。結核に感染した教授が、唾液をまき散らしながら講義を行うと、学生が感染する可能性がある。

大学教授は接客業の一種である。接客業のモラルを守らない教授は落第である。しかし接客業を廃業した名誉教授は、学生への感染を心配する必要はないから、今回も肺のX線撮影はお断りすることにした。

6　介護施設探し再び

喜寿を迎える暫く前に、独居老人はNNS（望ましい二人称の死）を目指して、本格的な終活に取り組んだ（その内容は、『工学部ヒラノ教授の終活大作戦』（青土社、二〇一八）で詳しく紹介した）。大量の書籍、衣類、家具、靴などを廃棄し、住宅ローンを全額繰り上げ返済した。遺言書を更新し、遺産相続でもめないよう手を打った。また長男には、自分が死んだときは家族だけで葬儀を行い、しばらくしてから十数人の親しい友人に連絡するよう依頼した。

退職後三日目に妻を失ったヒラノ元教授は一か月前でなくてよかった、と妻に感謝した。一か月前であれば、東日本大震災後の遺体処理のため、都内の葬儀場は大混雑していたから、葬儀まで二週間以上待たされた可能性があった。

それだけではない。現役時代であれば、職場での慣行を無視することは出来ないし、子供たちの社会的立場も考えなくてはならないから、標準的な葬儀を行うことも必要だろう。しかし現役を退いた老人の場合、盛大な葬儀をやる必要はない。家族だけで見送ってもらえば、それで充分である。

退職後に一〇回以上の葬儀に参列したが、そのたびに行こうか行くまいか、難しい判断を迫られた。脚が痛いので、杖を突きながら遠方に出かけるのは辛い。夏暑いときや冬寒いときに、立ったまま焼香の順番を待たされると倒れそうになる。

昔々「死ぬなら今です」という落語を聞いて、大笑いしたことがあるが、NNSを全うしたい人は真夏や真冬に死んではいけない。判断に迷ったときは結局参列したが、その都度森繁翁の忠告「転ぶな、風邪ひくな、不義理せよ」が頭の中を駆け巡った。

死んだらすべてが終わると思っている人間にとって、葬儀に参列するのは故人のためではなく、残された家族のためである。したがって、生前に家族と交友関係があれば参列する意味があるが、特別な付き合いがなければ行かなくてもいいのではないか、と思ってしまうのである。

三年前に、妻と同じ難病で苦しんでいた娘がこの世を去った後、ヒラノ老人には死んでも困る人は誰もいなくなった。回復の見込みがない厄介な病気にかかったときには、とっておきのヘネシーを大量の睡眠薬とともに胃の中に流し込めば、眠っているうちに死ぬことが出来る（と思っていたが、万一死に損なうと面倒なことになるらしい）。

それでは脚の状態が悪化して、車いす生活になった場合はどうするか。ヘルパーさんの助けを借りて、独居生活を続けることができるとしても、子供たちは心配するだろう。

そのような場合を想定して、入居する介護施設を決めておけば、NNS（望ましい二人称の死）を迎える準備は整ったはずだった。ところが三年もたたないというのに、新たな問題が発生した。

まずは物品（本と衣類）の廃棄問題。二年半の間に購入した数十冊の本と、自分が書いた六冊の本を合わせると、全体で一〇〇冊以上の本が増えた。本棚に入りきらない分は処分しなくてはならないが、自分が書いた本を廃棄するのは悩ましい。

誰かに差し上げることを想定して、一冊につき八部ずつ保存していたのだが、三年前より寿命が三年短くなったので、保存すべき冊数も減った。あまりたくさん残して、お嫁さんからナルシストと思われたくない。

前回とりあえず残した八冊のうち、まだ六〜七冊ずつ残っている。誰かに差し上げる機会は加齢とともに減っているので、新しいものは五冊ずつ、古いものは二〜三冊ずつ残して、それ以外は捨てることにした。

また前回は捨てられなかった、留学時代にお世話になった教科書・参考書も、思い切って捨てた。この結果本箱一つが空になった。これから先、年に二〜三〇冊の本を買い、二冊の本を書いたとしても、本箱が満杯になることはない。

衣類はなるべく買わずに済ませてきた。しかしセーター、シャツ、下着などを毎年何枚か買ったので、古いものから順番に二〜三枚ずつ処分した。

断捨離パートツーを始める前には、かなりの時間がかかるだろうと思ったが、パートワンでかなりの物品を廃棄したので、二日ほどで完了した。〝案ずるより産むがやすし〟。

二つ目は不動産の処分である。遺言書には、〝八ヶ岳の山荘は長男に、錦糸町のマンションは次男に譲る。両物件の資産価値に大きな差がある場合は、相続する動産で調整すること〟と記載した。

長男はこれで異存がないということだった。一方次男は、海抜ゼロメートル地帯にある、築後二五年の中古マンションを欲しいと思うかどうか不明である。高止まりしている中古マンション価格は、オリンピック終了後大きく下がると言われているから、住む気がないのであれば、早めに処分した方がいいかもしれない（この辺りは、手遅れにならないうちに、次男に相談する必要がある）。

マンションを処分すれば、自分が住むところがなくなるわけだが、ヒラノ教授はかねて満八〇歳を迎えたあたりで、介護付き有料老人ホームに入居しようと考えていた。現在のところ自立した生活を送っているが、アラ傘（サン）老人の腰や頭の状態は、いつおかしくなっても不思議ではないからである。

友人の間では、自分の身の振り方は頭がダメになる前に決断すべきだ、という意見が大勢を占めている。ダメになってからだと、なるべく経費が掛からない施設に放り込まれるからである。

ところが、〝頭はもう五年くらいは大丈夫だろう――〟。〝女房が元気なので、まだ慌てる必要はない――〟。〝早く決めたいが女房が反対している――〟などの理由で、具体的な手を打っている人は少ない。

二人の息子は、どちらも仕事と子育てに忙しく、〝まだ頭がダメになっていない（はずの）父親〟にかまっている余裕がない。そこでヒラノ老人は、自分で〝終の棲家〟を探すことにした。

五五歳の時に不治の難病を発症した妻は、最後まで自宅で過ごすことを希望していたが、不測の事故が発生したため、それが叶わなくなった。そこであちこちの施設をあたったが、既存の施設はどれも帯に短し、たすきに長しで、なかなか適当なものが見つからなかった。

一億円単位の入居一時金を払えば、御殿のような施設に入ることが出来る。しかし、平均的市民が払うことが出来る範囲の施設には、長い待ち行列ができていた。

ところがこの当時、多くの優良企業が〝将来性があるはずの〟介護ビジネスに乗り出していた。運よく勤務先から地下鉄で一駅のところに新設された、リーズナブルな施設が見つかったので、二〇〇七年七月に妻とともに入居した。

妻は入居を拒否されてもおかしくない状態だったが、夫が妻の介護に協力するという条件で、何とか認めてもらったのである。この当時、健常者が難病を患う伴侶とともに介護施設に入居するケースは稀だったが、これは大正解だった。

昼休みに施設に戻って、妻に好物を食べさせることが出来たし、夫が見張っていれば気が荒い介護士でも手荒なことは出来ない。大手優良企業の子会社が経営する施設なので、倒産の心配はない。また大手不動産業者が建てた堅牢な建物なので、震度六程度の地震で倒壊する心配もなかった。

ヒラノ教授は三年半にわたって、この施設から勤務先の中央大学に通っていたわけだが、健常者の介護施設暮らしは、我慢の限界ギリギリだった。

食事のメニューは良く工夫されていたが、一日の食費が一二〇〇円ではおいしいはずがない。そこで夫は、学食や各種ファストフード店で外食。嚥下機能が衰えた妻には、バナナ、プリン、イチジク、鯛のお刺身、マグロのペーストなど、飲み込みやすいものを食べてもらった。

イチジクは、季節によって一個八〇〇円もするから、二人分の食費を合わせると、毎月二〇万円くらい使っていた（半額老人生活を続ける現在の食費は、この四分の一以下である）。

夫がいずれ要介護老人になることを見通していた妻は、自分の死後もこの施設で暮らすよう夫に勧めた。〝何年か後に再び高額な入居一時金を払って、新しい介護施設に入るより、現在の施設で暮らした方が得ではないか――。年老いた父親が一人暮らしをしていると、息子たちが心配するのではないか――。夫が息子の家に引き取られるという大惨事は絶対に避けたい〟、エトセトラ。

しかし妻の忠告にもかかわらず、夫は定年退職直前に自宅に戻った。自分が要介護状態になるのは、ずっと先のことだと思っていたからである。そしてついこの間までは、この判断は正しいと確信していた。もしあのまま施設にとどまっていたら、老後資産は現在より二〇〇〇万円以上少なかったし、八年間窮屈なワンルーム生活を強いられていたからである。

一八平米しかない居室に、（大学から退職記念品として頂戴した）五〇インチ・テレビを置くことは出来ない。冷蔵庫は一人用のもの、パソコンも一台が限界である。忙しく働く介護士さんを前にして、ウィークエンドといえども、昼からビールを飲むことは憚られる。

また文京区白山は、墨田区錦糸町のような〝素敵な猥雑さ〟とは無縁の場所である。近所にお店は少ないし、早朝徘徊に出かけても店は閉まっているから、半額生活は望むべくもない。

将来再び二〇〇〇万円の入居一時金が必要になったときは、それまでに節約した分から払えばいい、と考えていたのである。

しかし今や介護ビジネスは、一〇年前とは様変わりである。ゼロ金利が続いたため、預かった入居一時金の運用利回りは著しく低下した。また人手不足と劣悪な労働条件のため、介護士を集めにくくなった。三年以上介護施設で暮らしていたから知っているのだが、介護士はあらゆる職種の中で最も恵まれない仕事である。

このようなわけで、最近は介護施設の倒産が増えているという。政府は外国人労働者に人手不足を補ってもらうつもりであるが、計画通りに行くかどうかわからない。高い入居金を払って入れてもらっても、倒産したら目も当てられない。別の業者が引き継いでくれるとしても、サービス低下は免れない。

そこでヒラノ老人は、次の条件を満たす施設を探すことにした。

a. 経営状態がいい（倒産確率が小さい）こと。十分な数の介護士と看護師が手当されていること。

b. 入居一時金は二〇〇〇万円以下で、月々の入居費用は三〇万円以下であること。

c. （長男が住む）筑波から車で一時間以内、次男が住むことになるかもしれない現在の自宅から、車もしくは電車で一時間以内にあること。

d. 自立した生活ができる間は生活の自由が保障されること。最低でも二五平米の居室が用意されていること。

e. 要介護度が高くなっても追い出されないこと。

f．都心まで一時間程度で行けること（たまには親しい友人に会いたいので）。

g．駅から徒歩五分以内のところにあって、近所にスーパーやレストランなどの商業施設があること。

h．介護士を集めやすい地域にあること。

i．災害に対して安全な場所にあること。


aからeまでは絶対的条件、f以下は二次的条件である。

ヒラノ老人は情報収集が著しく容易になったことに感謝しながら、これらの条件を満たす施設を探した。

残念ながらすべての条件を満たす施設は見つからなかった。そこでi以外の条件を満たす二つの施設に資料を送るよう依頼したところ、翌日B社から分厚い資料が送られてきたので、さっそく見学の予約を取った。

この施設は東武スカイツリー線の急行停車駅から（健常者の脚で）五分のところにあって、錦糸町の自宅から一時間未満で行くことが出来る。ここであれば、年に数回は妻の墓参が出来そうである。また次男が錦糸町のマンションに住むことになれば、見舞いに来る上で好都合だろう（多分年に数回しか来ないだろうが）。

経営母体は社会的に信用がある大企業の一部門で、介護ビジネスに参入して二〇年の歴史を持っている。ここがつぶれるのは、介護システムそのものが崩壊するときだろう。その可能性は十分あるご時世だが、その時は不可抗力だと思って諦めるしかない。

自立した居住者用の部屋は約三〇平米あって、室内にウォッシュレットとユニットバスがついている。炊事、洗濯は（やりたければ）自分でやることが出来る。入居一時金を一五〇〇万円ほど払えば、月額利用料は税込み約一七万円で済む。自立した生活が出来なくなったときは、約一五平米の部屋に移動して介護サービスを受けることが出来る（そうなる前に死ぬつもりだ）。

七階建てで、全体で一二四室（うち自立居住者用は二二室）の施設は、元大企業の社員寮を改造したものだという。建築基準が改正された後に建てられたものなので、震度六の地震が来ても耐えられる（はずだ）。

早速見学に出かけたところ、九分通り満足できる施設であることが分かった。問題は空室が三つしかないことである。現在の居住者の平均年齢は八〇歳を超えているので、毎年一人くらいの退所者が出ると思われるが、入居したいときに空室があるかどうかわからない。

そこで、空室が一つしかなくなったところで連絡してもらうよう依頼した。その時点で入居一時金一五〇〇万円を納めて、その後実際に入居するまで毎月一七万円程度の経費を払っても惜しくないと思ったからである。一年早く契約を結んだとしても、損害は高々二〇〇万円に過ぎない。

二〇二〇年に満八〇歳になったところで、このお知らせが来ればベストだが、二〇一九年一二月現在まだ三つの空きがあるという。これから先の一年間、一か月ごとに損害が一七万円ずつ減ることを楽しみにして暮らすことにしよう（何事ものは考えようである）。

ところが時々この決心がぐらつくことがある。あと数年は、今住んでいるマンションで自立した生活ができるのではないか。介護施設で生活した経験があるとはいっても、昼の間は勤めに出ていたし、入居者はすべて要介護三以上の人たちだったから、入居者との付き合いはほとんどなかった。しかし、二〇人の自立老人との付き合いは、案外厄介かもしれない。

そこでヒラノ老人は迷いを断ち切るために、息子や親しい友人に、八一歳の誕生日を迎えるまでには、介護施設に入居するつもりであることを宣言した。ひとたび宣言したことをひっくり返すためには、特別な理由が必要である。したがって宣言した時点で、八〇歳入居は半分以上事実になるわけだ。

ところが、半年前にこの決心が揺らぐ事態が発生した。ほかでもない。素敵な主治医が出現したことである。この人によれば、ヒラノ老人は一〇〇歳まで生きる可能性があるという。二〇年間も介護施設で暮らすのは辛い。

毎月主治医と相談の上一か月ずつ入居を遅らせて、要介護二すなわち自分で食事、排せつが出来なくなったところで決断するのが正解かもしれない。それまでは、毎月一七万円のお金を介護施設に払い込む必要があるが、安心を買うためにはやむを得ない出費だと考えることにしよう。

現役を引退するときヒラノ教授は、今後は研究から手を引くこと、そして〝工学部の語り部〟として過ごすことを友人や学生たちに宣言した。退職後しばらくの間、やり残した研究に対する未練が頭をもたげることもあったが、学生たちに宣言したので誘惑から逃れることが出来た。

もし宣言していなければ、もはや誰も関心を示さない論文を発表して、学生たちを驚かせていたかもしれない。

ところが、思いがけないことは起こるものだ。ついこの間まで順風満帆だったB社に、不測の事態が発生したのである。経営の土台を揺るがすような大事件である。しばらく様子を見るしかないが、場合によっては、半年かけた介護施設探しは振出しに戻るかもしれない。契約を結んだあとでなくてよかったが、厄介なことになったものだ。

7 大学小説家を目指して

空白の時間を恐れる老人は、定年後の八年半、二〇世紀の「製造業大国・日本」を支えた「工学部」という組織と、そこで働くエンジニアたちの生態を世間一般の人に知ってもらうために、『工学部ヒラノ教授』というタイトルのノンフィクション・シリーズを書き続けてきた。

ところが一八冊目の『工学部ヒラノ教授のラストメッセージ』(青土社、二〇一九)が完成したところで種が尽きたので、ノンフィクションからフィクション(小説)に転向することにした。

小学生時代のヒラノ少年は、母から稀代のウソつきと呼ばれた。〝開校以来の秀才〟ともてはやされる兄を優遇する母の関心をつなぎとめるために、毎週ホラ話をでっちあげて、母を笑わせたのである。あたかも王妃シヘラザードが、シャフリヤール王に殺されないように「千夜一夜物語」を作ったように。

「お前は本当にウソつきだねえ。そのうち手が後ろに回るんじゃないかと心配だよ」

「ぼくはばかじゃないから、おまわりさんに捕まるようなことはやらないよ」

「そうならいいけど、お前がやれる仕事は何だろうね。『ほら男爵の冒険』のような本を書くことかしらね」

「あんな本ならぼくでも書けるさ」

実際ヒラノ少年には、ほら男爵程度の話ならいくらでも書ける、という自信があった。しかし、本当に書きたいと思っていた『巌窟王』や『二都物語』のような、〝手に汗握る小説〟ではなく、「お前に書けるのは、せいぜいほら男爵程度の話だ」と言われたような気がして、ホラ話創作意欲は著しく削がれた。

そして四〇年近くにわたって、工学部という堅気な職場に勤務しているうちに、うそつき才能は枯れてしまった。

小説家の中には、綿密な取材を行った上でストーリーを組み立てる人と、何もないところから妄想を膨らませていく人がいるらしい。綿密な取材を行う体力がない老人は、後者を目指すしかない。しかしそのためには、枯れてしまった才能を生き返らせなくてはならない。

ノンフィクションを書いているうちに、うそつき才能は徐々に息を吹き返したが、完全回復までにはもうしばらく時間が必要である。そこでさしあたりは、事実とウソを混ぜ合わせたセミフィクションから出発することに決めた。

では何を書くか。答えは、四〇年余りを過ごした理工系大学で起こった事件をベースとする〝大学小説〟である。

そこで、Wikipediaで〝College Novel〟という言葉を検索したところ、ジョン・クレイマーという名前の大学教授による『The American College Novel : An Annotated Bibliography（アメリカの大学小説：文献解題）』という本がヒットした。ここには、四〇〇冊以上の大学小説の概要が掲載されているという。アメリカでは、「大学小説」というジャンルが確立されていて、その解説書まであるのだ。

沢山の大学小説があれば、その当然の帰結として、大学を舞台にした多くの映画が生まれる。思いつくまま列挙すれば、『先生のお気に入り』『卒業』『ある愛の詩』『キューティー・ブロンド』『ソーシャル・ネットワーク』『きっと忘れない』『グッド・ウィル・ハンティング』などなど。

これらの映画を見ると、舞台になった一流大学の豪華なキャンパスと、日本とは違う教授や学生たちに目をみはる。

日本にも、大学小説や大学映画がないわけではない。夏目漱石の『三四郎』、高橋和己の『悲の器』、山崎豊子の『白い巨塔』、朝井リョウの『何者』、村上春樹の『ノルウェイの森』、そして筒井康隆の『文学部唯野教授』など。

しかしアメリカに比べるとずっと少ない。Wikipediaで「大学小説、日本」を検索すると、出てくるのは翻訳書を含めて一〇〇冊程度である。日本の大学には、〃アメリカの最も優れた産業〃と謳われる名門大学のような魅力が乏しいからだろう。

〃三大ビューティフル・キャンパス〃と呼ばれる、スタンフォード、ウィスコンシン（マディソン）、コーネルを筆頭に、アメリカの一流大学のキャンパスはとても美しい。

またペンシルバニア・ステート大学やワシントン・ステート大学など、一・五流大学のキャンパスも、日本の一流大学以上に充実している。このようなキャンパスで青春時代を過ごした人たちは、大学に対して愛着を持つだろう。

ハーバード、スタンフォード、プリンストンなどの超一流大学は、数兆円の自己資金を保有しているが、その大部分はOBたちの寄付の集積である。年に何回かスタンフォード大学から送られてくる、「Benefactor」というパンフレットには、一〇〇万ドル以上のお金を寄付した人の名前と金額が掲載されている（一〇万ドル程度の人は名前を出してもらえない）。寄付総額は年間数億ドルに達する。

一方、一九八〇年代までに大学生活を送った日本人で、自分の出身大学に愛着を持つ人はどれほどいるだろうか。例えばかつての東工大は、キャンパスこそ広かった（とは言ってもスタンフォードの一〇〇分の一以下に過ぎない）ものの、そこに立ち並ぶ建物は全く魅力がなかった。これは東工大だけではない。東大も京大もそうだった。

魅力がない大学で育った学生たちは、大学に愛着を持たないから、寄付も集まらない。実際、日本で一番お金持ちと言われる大学ですら、自己資金は数百億円止まりである。日本に大学小説が少ないのは、日本の大学にはアメリカの一流大学のような魅力がないからだろう。

ところが九〇年代初め以降、日本の国立大学のキャンパスは、見違えるほど豪華になった。信じられないとおっしゃる読者は、東大の本郷キャンパスに足を運んでいただきたい。また名門私立大学も、学生獲得競争に負けないように、キャンパスを整備した。

もちろん、アメリカの一流大学とは比べるべくもないが、日本にも自分が学んだキャンパスに愛着を感じる人が増えている可能性がある。もしそうであれば、大学を舞台とする小説も増えるはずだ。

「金融工学」の研究を始めたとき、このようなリスキーな研究に手を出すエンジニアが少なかったおかげで、ヒラノ教授は先行者利益を手に入れ、「金融工学の旗手」と呼ばれるようになった。

また「工学部の語り部」シリーズを書き始めたとき、このような仕事に手を出す〝もの好き〟がいなかったせいで、再び先行者利益を手にした（中には四万部以上売り上げたものもあった）。

理工系大学を舞台とする「大学小説」ビジネスも、今始めれば先行者利益を手に入れるチャンスがある。なぜなら日本の大学小説は、文系作家による文系大学小説がほとんどだからである。

これから先何年か、脳みそが壊れない限り大学小説を書き続け、いずれWikipediaで〝大学小説家〟として紹介されたいものだ。

しかし、その希望が実現する可能性は、日々小さくなっている。時間に余裕がある老人が大発生したため、衰退する出版業界に、大勢の〝書きたい症候群〟の老人がひしめいているからである。大出版社は、五〇〇〇部以上売れる見込みがない新人作家の本は出してくれない。

これまで書いてきた「工学部の語り部」シリーズは、出版されるたびに十数人の友人に献呈して、面白かったら知人に宣伝してほしい、とお願いした。一〇%の印税収入と定価の八〇%で購入する費用を考慮に入れると、八人の知人が買ってくれれば、献本の元が取れるわけだ。

またヒラノ研究室に所属した学生諸君にも、（古本ではなく）新本を購入するよう依頼し続けた。しかしエンジニアは、〝（専門書と趣味以外の）本は読まない、買わない〟人種だから、どれだけの人が買ってくれたか見当がつかない。

時給一〇〇〇円に満たない作業であるにもかかわらず、ヒラノ元教授は毎日六時間以上パソコンの前でキーボードをたたき続けてきた。ひところは一〇時間だった執筆時間を六時間に減らしたのは、〝座っている時間が長い人は認知症になりやすい〟という記事が目についたからである。

「工学部ヒラノ教授シリーズ」は、九五％以上が事実に基づいたノンフィクションなので、ひとたび脱稿すれば、改訂作業にあまり時間はかからなかった。この結果、毎年二冊以上の本を出すことが出来た。

いずれノンフィクションの種が尽きることを見越していた老人は、一五冊目を出したころから小説書きに取り組んだ。ところが小説の場合は、気に入らない部分があれば、何度でも手直しすることが出来る。そのようなわけで、ここ二年ほど新しい原稿の執筆と、在庫小説の執筆・改訂を繰り返してきた。

運よく一冊目が出版されたとしても、二冊目、三冊目のストックが無ければ、一発屋で終わってしまう。大学小説家と呼ばれるためには、三～四冊は出さなければならない。

そこで宣伝を兼ねて、四つの原稿の概略を紹介することにしよう。

一冊目は、東都興業大学という理工系大学で実施されることになった、教授たちの業績評価にまつわるドタバタ劇である。

大学教授には、研究、教育、社会的貢献、大学管理業務（いわゆる雑用）など、多様な任務がある。これら任務の業績を総合的に、かつ公正に評価するのはとても難しい（したがってどこの大学も、きちんとした業績評価を行ってこなかった)。

この本で扱ったのは、学部長に就任した平田教授が、文科省の圧力を受けた学長の依頼を受けて実施した業績評価作業と、学長選挙をめぐるドロドロ・ドラマである。

二冊目は、ウィーンの研究所に単身出張したかけ出し研究者が、国際レベルの研究者に交じって奮闘する様と、主人公が研究だけでなく人間関係(特に女性関係)でもあれこれやらかす物語である。

三冊目は、研究者として身を立てるために、何が何でも博士号を手に入れたい学生を襲う数々の不運と、なんとかして博士号を出そうとする教授の、苛酷かつハートウォーミングな物語である。

そして四冊目(一五年前から構想を温めてきたゼロ冊目)の『二人の女神』は、二人の女性の間で半世紀にわたって股裂きになる男の物語である。

毎日一〇時間近く原稿を書いていたときと比べると、四時間ほど時間が余る。空白の時間は認知症を連れてくる。そこでこの時間を、漢字ナンクロ、映画鑑賞、音楽鑑賞に充てることにした。

漢字ナンクロとは、縦一〇掛ける横一〇(もしくは縦二〇掛ける横二〇)の枡目の中に、漢字を埋め込むパズルである。バーゲンで購入した本には、十両問題から始まって前頭、小結を経て横綱問題まで百数十の問題が掲載されていた。

十両問題は二〇分くらいで満点が取れる。しかし小結問題になると、四～五時間かけても九〇点しか取れない。そして大関問題になると、六時間かけて八五点がやっとである。正解をチェックして、このような漢字熟語があったのか、と唸らされることも多い。

問題作成が難しいせいか、全一二〇問中の横綱問題は一つだけである。二〇時間かけて八五点をゲットした老人は、出版社に電話して続編を送るよう依頼したが、この会社はすでに漢字ナンクロ・ビジネスから撤退していた（ネット上には、無料問題がたくさん掲載されているが、横綱と互角に戦ったヒラノ老人には易しすぎる）。

ミステリーが好きだった妻は、難病が進行して本のページをめくることが出来なくなってからは、一日中「数字ナンクロ」というパズルをやっていた。しかし妻ほどパズルマニアでない夫は、二時間ほどで飽きてしまう。

家事（一時間）、執筆（六時間）、徘徊（二時間）、睡眠（七時間）を除く七～八時間が自由時間（空白時間）である。そこで独居老人はJ.comとWOWWOWに加入して、一日一本を限度に、現役時代に見ることが出来なかった映画を見て過ごした。

この際手掛かりになるのが、『キネマ旬報ベストテン　90回全史　1924-2016』（キネマ旬報社、二〇一七）という全八四〇ページ、定価三四〇〇円の労作である。この本には、過去九〇年間に公開されたほとんどすべての映画がリストアップされている。

またWikipediaやAllcinemaなどのサイトを見ると、日本で公開されたほとんどすべての映画に関する詳細なデータと、映画マニアが投稿した批評文を読むことが出来る。〝大勢の意見は案外正しい〟という言葉の通り、多くの映画マニアによる総合評価は的を射ている。

しかしJ.comやWOWWOWには再放映、再々放映が多い（多すぎる）。『エイリアン』『ミッション・インポッシブル』『スターウォーズ』『ロッキー』『ダイハード』『ハリー・ポッター』などの人気シリーズは、あちこちのチャンネルで繰り返し放映されている。しかしSFや活劇映画は、一回見れば十分である。

また最近の映画は、英語の題名をカタカナに置き換えただけものが多いので、注意しないと、〝この間見たばかりじゃん〟となる場合がある。昭和時代の映画は

『My Darling Clementine』→『荒野の決闘』
『Chariot of Runners』→『炎のランナー』
『Mrs. Robinson』→『卒業』
『Bucchi Cassidy and Sundance Kids』→『明日に向かって撃て』
『Terms of Endearment』→『愛と追憶の日々』

など、日本人には意味が分からない題名を、絶妙な日本語に置き換える工夫が凝らされていたが、最近は公開される映画が多くなりすぎて、気が利いたタイトルを考えている暇がないのだろう。

見たい映画がないときは、オンデマンド・サービスを利用すれば、最近公開された作品も見ることが出来る。しかし最近はやりの若者向きの活劇、SF、アニメを見ると、時間を損した気分になることが多い。

子供のころのヒラノ少年の憧れの人物は、ハワード・ヒューズだった。『アビエーター』でレオナルド・ディカプリオが演じたこの大富豪は、自宅にセレブたちを招待して最新の映画を見せていた。

いつでも好きな映画を見ることが出来たら、どんなにいいだろう――。これが中学時代の〝絶対に実現しないはずの夢〟だった。ところが今や月々一万円程度で、夢の生活が現実になったのである。

リピートが多いとは言いながら、まめに探せば掘り出しものに出会うことがある。この八年間で一〇〇〇本以上の洋画を見た結果、二〇世紀末までの分については、キネマ旬報九〇年間のベストテン作品の半分以上を見たことになる。

一九五〇年代の一〇年間は、洋画ベストテンのうち八本以上を見ていた。ところが六〇年代以降はこれが四本に落ちた。これでは洋画通とは言えない。しかしここ一〇年で、一〇本中六本にまで回復した。これなら準・洋画通と呼べるのではなかろうか。

嬉しいことに、最近は著作権切れの名画一〇本セットが、一五〇〇〜一八〇〇円で購入できるようになった。これまでのところ、五〇年代初めのものまでだが、中学時代に見逃した『情婦マノン』や、もう一度見たいと思っていた『肉体の悪魔』『心の旅路』『暗い鏡』『白熱』などを、一本二〇〇円未満で見ることが出来るのである。

ヒッチコックの『レベッカ』『見知らぬ乗客』などのスリラーセット、『うたかたの恋』『北ホテル』などのフランス名画セット、『サンセット大通り』『イヴのすべて』などのオスカー受賞セットや、『ローマの休日』『哀愁』『終着駅』などのロマンス映画セットが、劇場で一回映画を鑑賞するのと同じ料金で購入できるのは、映画マニアにとって夢のような話である。

ヒラノ老人はすでに二〇セット購入して、『白昼の決闘』『終着駅』『サンセット大通り』などの細部、たとえば大女優グロリア・スワンソンの鬼気迫る演技や、ジェニファー・ジョーンズの微妙に揺れ動く人妻の表情などを繰り返し見ている。

ノンフィクションを書いていた時代には、執筆の疲れをいやすために漫然と見ていた映画だが、今では小説の種を探す絶好のツールになった。つまり映画鑑賞は単なる娯楽ではなく、取材のための体力がない老作家にとって、生産性のある活動に昇格したのである。

映画以外の楽しみは、各種のスポーツ中継、宝塚歌劇、メトロポリタン・オペラのライブビューイング、NHKFMの「オペラアワー」である。スポーツ中継は、野球やテニスのように、いつ終わるか分からないものは避けて、サッカー（九時までに寝るので前半のみ）、大相撲などに限ることにしている。

メトロポリタン・オペラは、（一回に限り）見ることにしている（何回も見るのは特別に好きな、『アイーダ』『オテロ』『リゴレット』『椿姫』『ドン・ジョバンニ』『ラ・ボエーム』『メリー・ウィドウ』くらいである）。

一方世界各地で上演された選りすぐりの公演を聞かせてくれる「オペラアワー」は、キーボードを叩きながらほとんど毎週聞いている。

ウィーンに単身出張していた半年の間に、ヒラノ青年は週に二〜三回、アパートから歩いて五分のところにあるウィーン国立オペラ劇場に足を運んだ。七〇年代半ばには、三〇〇〇円くらい払えばまずまずのチケットが手に入ったし、四階の袖であれば二〜三〇〇円で、三時間以上ミレルラ・フレーニやイレアナ・コトルバシュの美声を楽しむことが出来た。

シーズン中は毎日様々な演目が上演されていたので、ヴェルディ、プッチーニ、モーツァルト、ヨハン・シュトラウスを集中的に見た。それでも半年の間に見たのは、三〇演目程度に過ぎなかった。

にわかオペラ・ファンが帰国後に調べたところ、オペラには三〇〇以上の演目があることが分かった。しかし日本で見ることが出来るものは限られている。またイタリア・オペラやメトロポリタン・オペラの来日公演のチケットは、最低でも二万円くらいした。

お金も時間もない大学教授が出来るのは、秘書が帰った後研究室で廉価版のCDを聴くことだった。ところがWOWWOWに加入したおかげで、「メトロポリタン・ライブビューイング」で、これまでに見たことがないオペラを見る機会が出来た。ドニゼッテイ、ベッリーニ、マスカーニ、サン・サーンス、リヒアルト・シュトラウスなどなど。

これらのオペラが放映されるときは、三時間枠を空けておくのだが、やはりレアものや初演ものには退屈な作品が多い。このようなときは、第一幕が終わったあたりで、〃生きている間にもう一度見る機会はないだろう〃と思いつつ、スイッチをオフにして、CDで大好きなヴェルディのオペラを聴くことにしている。

好きなオペラでも、第一幕が終わらないうちにスイッチを切る場合もある。たとえば『フィガロの結婚』のアルマヴィーヴァ伯爵を、スザンヌより背が低い、アフリカ系の歌手が演じたケースである。

アルマヴィーヴァ伯爵は、背が高い色男でなければ興ざめである。あるオペラ・ファンに意見を求めたところ、「それがポリコレ（political correctness）というものでしょう」と言っていた。

〝人種差別は感心したこととは言えない。しかし、このようなことまでやらなければならないほど、アメリカ社会はねじれているのか〟。これがその時思ったことである。

もう一つ驚いたのは、『リゴレット』の時代設定が、アメリカ人受けするように、一九五〇年代のラス・ヴェガスに変更されていたことである。ヴィクトル・ユゴー原作のこのオペラは、一九世紀のヨーロッパだからこそ説得力を持つ物語である（歌詞と舞台設定が完全に乖離していた）。ユゴーを驚嘆させた、オペラ史上最高の四重唱を聴きたいために、最後まで付き合ったオペラファンの感想は、〝このような公演に引っ張り出された名歌手たちが気の毒だ〟ということだった。さすが実験国家というべきか、それとも文化的田舎国家というべきか。

その一方で、ウィーンで見たときはほとんど寝ていた、リヒアルト・シュトラウスの『ばらの騎士』で、元帥夫人を演じるルネ・フレミングの歌唱と演技を見て、〝絶対に期待を裏切らない歌姫〟というジョージ・セルの賛辞に納得した。

最近は、日本人による素晴らしい公演を見ることが出来るようになった。暫く前までは主役を外国人が務め、日本人はわき役という公演が多かったが、今や国産ソプラノやテノールが主役を演じている。

しかし体力も財力もない頻尿老人は、四時間を超える生のオペラ公演を見に行く気にはなれない。大画面でWOWWOWを見ることが出来れば、それで充分である。「ウィーン国立歌劇場ライブビューイング」「ミラノスカラ座ライブビューイング」という番組が登場すれば、狂喜するオペラ・ファンは多いのではなかろうか。

オペラ・ファンを名乗る人の中には、歌謡曲やポピュラー音楽には関心がない人が多いようだが、ヒラノ老人はこれらの音楽も大好きである。

毎晩八時にベッドに入る老人は、三時前に目が覚めると、すぐさまラジオのスイッチを入れて、NHKの「ラジオ深夜便」で、「にっぽんの歌こころの歌」を聴く。桜井洋子、須磨佳津江、森田美由紀、柴田祐規子、石澤典夫、徳田章など、かつてNHKの顔だった名アナウンサーがアンカー役を務めるこの番組では、一時間にわたって特定の年度に流行した歌や、特定の歌手・作詞家・作曲家の歌の特集が流れる。

この番組には、全国で約二〇〇万人の常連リスナー（その大多数は後期高齢老人）がいるそうだが、中には三時にベッドから出て、岡晴夫の「憧れのハワイ航路」をラジオに合わせて歌う八〇歳超のおばあちゃんや、毎晩夜一一時から朝五時までこの番組を聴く、七〇代のじいちゃんもいるらしい。

阿木燿子、阿久悠、荒木とよひさ、岩谷時子、喜多條忠、北山修、なかにし礼、星野哲郎、松本隆、安井かずみなどの作詞家。いずみたく、市川昭介、猪俣公章、遠藤実、大瀧詠一、加藤和彦、川口真、弦哲也、筒美京平、戸倉俊一、浜圭介、船村徹、中村八大、三木たかし、村井邦彦などの作曲家。そして彼らが作った楽曲を、見事に歌いこなす名歌手たち。井上陽水、小椋佳、小田和正、桑田佳祐、財津和夫、さだまさし、竹内まりや、谷村新司、中島みゆき、松任谷由実、南こうせつ、吉田拓郎、吉田美和などのシンガーソングライター。

このようなすぐれた作詞家、作曲（編曲）家、歌手が揃った時代を生きることができたのはとても幸運だったと思っている（前記のリストにもれた方々の中にも、素晴らしい作家が大勢いる）。学生時代には、アメリカン・ポップスやロックに魅せられたヒラノ青年は、中年以降は外国の歌より、歌詞、曲、歌手の三拍子が揃った演歌や、Ｊポップスの方が心地よく感じられる（五年近くアメリカで暮らしたにもかかわらず、最近の洋楽の歌詞や洋画のセリフはほとんど分からない）。

もちろん海外のアーティストの中にも好きな人は多い。キャロル・キング、セリーヌ・ディオン、ダイアナ・ロス、ディオンヌ・ワーウィック、ホイットニー・ヒューストン、サラ・ブライトマン、カーペンターズ、クイーン、ビートルズ、フランク・シナトラ等のアルバムには、いまもしばしば耳を傾けている。

ただし音楽なら何でも好きかと言えば、そうではない。全く歌詞が分からないラップ、素人同然のグループが大声をあげているだけの曲が流れると、直ちにスイッチを切る。

ここまで書いてきて気が付いたのは、歌手や作詞家には女性が多いのに、少数のシンガーソングライターを除くと、女性作曲家が少ないということである。日本だけではない。海外でも女性ピアニストやヴァイオリニストは多いのに、女性作曲家が少ないのはなぜだろう。

8　情報弱者の動揺

一九六一年に、工学部応用物理学科の数理工学コースに進学したヒラノ青年は、計算機科学のリーダーの一人だった森口繁一教授から、プログラミングの手ほどきを受けた。この当時プログラミングに関する正式な科目を設置していたのは、日本全国の大学でこの学科だけだった。

数学、機械、囲碁（すなわち論理）に強い同期生たちは、プログラミングと相性が良かった。そしてこれらの人たちは人生の大半を、計算機とともに過ごすことになった。しかし、機械や囲碁が好きでなかった青年は、プログラミングとも相性が悪かった。

大学院時代には、必要に迫られてかなり大掛かりなプログラムを書き、筑波大学では情報処理教育を担当したヒラノ助教授は、中・高時代の友人からは計算機科学（プログラミング）の専門家と見られていた。しかし本人は、プロのプログラマーは務まらないと考えていた。

プログラミングの能力は、人によって一対一〇以上の違いがある。ある仕事が与えられたとき、一日でプログラムを完成させる人もいれば、一週間かけても終わらない人がいる。ヒラノ青年は八人の同期生の中で七番目の鈍足プログラマーだった。

しかしのちに、フェイスブックの創設者であるマーク・ザッカーバーグの伝記映画『ソーシャル・ネットワーク』を見て、プログラミングの能力は一対一〇〇以上の差があることを知った。

日本では二〇二〇年から、小学校で〝プログラミング教育〟が必修になるということだが、もし従来の意味でのプログラミング教育だとすれば、算数や国語の時間を減らしてまで履修させるのはいかがなものだろう。

気になったので調べたところ、その内容は社会生活を送る上で必要な、〝論理的思考〟を強化するための教育らしい（そうであれば、何もプログラミングという技術用語を使わなくてもよさそうなものだが）。

学生時代以来長い間、計算機おたくたちに取り巻かれて過ごした青年は、計算機アレルギーを発症した。それはその後の情報機器アレルギーにつながった。そのため新しい情報機器が出現しても、どうしても使わざるを得なくなるまでは手を出さなかった。

たとえば、パソコンを初めて使ったのは、四〇代半ばになってからである。ある計算機メーカーの好意で提供されたパソコンを使ってみたが、その使いにくさに音を上げた。〝私はこのような気難しい機械と付き合うために生まれてきたわけではない!!〃。

日常的にパソコンを使うようになったのは、二一世紀に入ってからである。それまでも文書作成にワープロを使う必要があったが、乱雑な手書き原稿を有能な秘書に渡せば、たちまち美しい文書が出来上がった。これに少々朱を入れれば、仕事が終わった。

経済学で知られている、〃比較優位の原理〃に照らせば、たとえ自分でやった方が早い仕事でも秘書に任せて、自分にしかできない仕事に時間を割く方が賢明である。何をやっても誰よりも上手にできる人は、誰かに任せればいい仕事でも自分でやってしまいがちである。この結果、自分でなければできない仕事に割く時間が少なくなってしまう。これはまことにもったいないことである。

より具体的にこのことを説明しよう。ヒラノ教授の専門は数理計画法と金融工学であるが、この研究は次の五つのステップからなっている。


一．現実の問題を数学的に定式化する。

二．定式化された問題を解く方法を考案する。

三．考案された方法をプログラム化して計算機実験を行う。

四．実験結果を現実の問題に当てはめ、研究の有用性を確認する。

五．納得できる結果が得られたときは、可及的速やかに論文としてまとめた上で専門ジャーナルに投稿し、編集長やレフェリーと闘う。

このうちで最も時間がかかるのが、第三ステップである。自分でやれば全体の八割以上の時間がここに費やされる。年に五編の論文を書くためには、この部分はプログラミングが得意な大学院生に頼む方が賢明である。

良心的な研究者は、これを教授による学生搾取プロセスと批判するが、決してそのようなことはない。アルバイト代を貰って行った仕事の成果は、教授との共著論文として発表され、修士号や博士号につながるからである。これぞ教授と学生のウィンウィン関係である。

しかしこのようなことを続けていると、ただでさえ拙いプログラミング・スキルはますます劣化し、学生がいなくなった途端に研究に支障が出る。ヒラノ老人が定年退職後に論文を書かなくなった（書けなくなった）最大の理由はこれである。

一方文書作成については、東工大を退職したあと一時的に秘書がいなくなったため、自分でやらざるを得なくなった。現在年に二〇〇〇枚の原稿書きが出来るのは、この時の努力の賜物である。

メールを使うようになったのは、二〇〇一年からである。これは同業者の間では最も遅いグループに入る。なぜ使うようになったのかと言えば、メールを使わない人は研究仲間から〝犯罪者扱い〟されるようになったからである。犯罪者には各種の連絡が来なくなるから、どうしても使わざるを得なくなったのである。

必要不可欠ではない情報ツールには、今も手を出さない。フェイスブック、ツイッター、その他のSNSは一切ノータッチである。

フェイスブックが出現したとき、一九六〇年代末に二人の友人と協力して執筆した『二一世紀の日本　十倍経済社会と人間』（東洋経済新報社、一九六八）の中で提唱した、〝ミディアム・コミュニケーション〟（マスコミとミニコミの中間に位置するコミュニケーション・システム）が実現される時代がやってきたと感じたが、利用しようとは思わなかった。

十数人の親しい友人とは、年に数回顔を合わせる機会があるし、連絡したいときはメールで十分である。それに、友達の友達は、必ずしも友達になりたい人とは限らないからである。うっかりおかしな人と友達になると、ひどい目にあう。

これはヒラノ老人だけではない。大学時代の友人（ほとんどは元エンジニア）の中で、フェイスブックやツイッターを利用している人は少ない。

もしこれらのメディアを積極的に利用して、宣伝に努めていれば、これまでに出した本が二割くらい多く売れたかもしれない。しかしその一方で、無知で残酷なネット住民の誹謗や中傷を受けた可能性がある。気が弱い男は、そのようなリスクを冒してまで、高々二割程度の追加収入を狙わない方が賢明だろう。

はっきり言おう。情報発信が難しかった時代には、あるレベルの教育を受けた人でなければ、社会に向けて意見を発信することは出来なかった。しかし今では誰でも発信できるようになったために、SNSは衆愚システムになってしまった。

石井威望教授の講演会で、「これからはモバイルの時代です」という言葉を聞いたのは、今から四半世紀以上前である。近い将来、人々が情報機器を持ち歩く時代が来るというのである。

一九三〇年生まれの石井教授は、東大医学部を卒業した後、サイバネティクスを学ぶため工学部に入りなおし、通産省の技官を経て、東大工学部・産業機械工学科の助教授に就任した変わり種である。

医学博士と工学博士の二つの学位を持つこの人は、わが国のシステム工学、情報工学の第一人者で、助教授時代から通産省のブレーンとして、日本の産業政策立案に大きな役割を果たした。

この講演を聴いた直後に、八ヶ岳山麓の林の中ににょっきり姿を現した電柱が、携帯電話の電波中継塔であることを知ったヒラノ教授は、石井教授が言う通り、電話を持ち歩く時代がすぐそこに迫っていることを知った。

携帯電話（ガラ携）を使用するようになったのは、二一世紀に入って間もないころである。情報機器に弱い男が、珍しく早々と利用するようになったのは、妻の難病が進行したため、いつでも連絡が取れるようにしておく必要があったからである。

携帯電話のおかげで、ヒラノ教授は何度か危機一髪のところを救われた。たとえば、妻の携帯がつながらないので、セコムに連絡して確認してもらったところ、車いすから転げ落ちて身動きできなくなっていたとき。携帯がなければ窒息死していた可能性があった。

また妻と同じ難病にかかった娘を、夫のＤＶから救出するとき。警察に緊急連絡することが出来なければ、救出できなかったかもしれない。

その一方で、三〇代初めに携帯電話があったら、若気の過ちが引き起こした絶体絶命のピンチを乗り切れなかっただろう。すべての物ごとにはメリットとデメリットがあるのだ。

二〇〇七年にスマホが登場すると、多くの人がガラ携からスマホに乗り換えた。コンサルティング会社に勤める元学生は、スマホがあれば通勤途中に一仕事も二仕事もできると言っていた。

そして数年後には、電車の中でポケットからガラ携を取り出す際に、周囲の目が気になる時代がやってきた。しかしヒラノ老人は、これから先もずっとガラ携を使い続けるつもりだった。

スマホのメリットは、ガラ携より大きな画面で、ニュースだけでなく映画を見たり、本やマンガを読んだりすることが出来る点である。しかし一日の大半を自宅で過ごす老人にとって、これは別段有難いことではなかった。

自宅にはパソコンがあるから、スマホが無くてもインターネットにつながる。メールを打つのは、スマホよりパソコンの方がずっと楽である。

エンジニアの間では、メールには可及的速やかに返信すべし、というルールがあった（今の若者の間では、LINEに数分以内に返信しないといじめにあうとやら）。しかしこれは現役時代の話で、退役エンジニアの場合は、一日以内に返信すれば十分である。

ヒラノ老人が一日以上家を空けるのは、せいぜい年に数回、しかも長くても二日程度である。これだけのために大金を払ってスマホに乗り換える必要はない。

情報技術に詳しい二人の元エンジニア（U氏とY氏）と会食した際に、この考えが正しいかどうか訊ねてみた。そして彼らも同じ考えであることを知った。三人はワインを片手に〝ガラ携三銃士〟の誓いを立てた。

ところがそのわずか三か月後、大学を定年退職したY氏がスマホに乗り換えたことを知った。思わず〝裏切者！〟と叫んだ老人は、Y氏の言い訳を聞いて納得した。

まだ体力があるY氏は、定年後に三つの大学で講義を引き受けることになった。二つは日帰りできるが、もう一つは一泊せざるを得ない。つまりY氏は週に三日以上家を空けることになったのである。

それまでのように、パソコンを持ち歩くという手があるが、スマホに乗り換える方が圧倒的に便利である。しかも格安スマホの料金は、ガラ携といくらも違わないという。

「スマホは便利ですよ」というY氏の言葉を聞いて、〝君子は豹変する〟という言葉を思い出したが、外出機会が少ない老人は、Y氏の変節に動じることは無かった。

ところがこの後間もなくNTTドコモが、〝二〇二〇年でガラ携サービスを打ち切る〟、という方針を発表した。ネットで調べたところでは、すでにサービス中止を見込んで、ガラ携の製造を打ち切った電機メーカーもあるという。今使っているガラ携が壊れたときは、中古商品を買うしかないのだ。

情報事情に詳しい人は知っていたのかもしれないが、情報弱者にとっては、まことに無慈悲な決定である。うろたえた老人は、計算機科学が専門のU氏にメールを打った。

「NTTドコモが、二〇二〇年でガラ携サービスを打ち切るという記者会見を行いましたが、ご存知でしょうか。こんなことは許されるのでしょうか」

さすがは元エンジニア、一〇分後に返信があった。

「知っています。今の政府ならやりそうなことですが、国民の反発が強いので、二〇二〇年に完全中止することは出来ないでしょう。先が短い私は、最後までガラ携で粘って、本当に廃止されたら、その時にどうするか考えます」

〝さすがは意志堅固な（超ダイエット法の）U先生だけのことはある〟と唸った意志薄弱老人は、Y氏が契約したというJ.comに電話した。

すぐさまやってきた担当者の話を聞いた老人は変節した。J.comと提携している格安スマホHuaweiと契約すれば、一万円ほどで機器を購入したあと、月々の使用料はそれまでのガラ携とほぼ同額で、電話料金も一回につき五分までは無料だからである。

電話は家族との安否確認や、友人との会食の打ち合わせにしか使わないから、五分あれば十分である。話が長引きそうなときは、五分以内でいったん切って再度電話する。大半の話は一〇分あれば終わる。

問題は、ドコモとの契約を解消するためには、一万円弱の違約金を払わなくてはならないことである。一五年間にわたって、毎月数千円の利用料を払ってきたのに、違約金とは解せない話である。

そこでドコモに問い合わせると、二年ごとに自動的に契約が更新されることになっていて、現在の契約が切れる一〇か月後まで待てば、無料で解約できるという。ただし解約手続きの予約に一か月かかるという。〝なんなんだ、これは！〟。

以前からドコモのサービスの悪さに憤慨していた老人の怒りは沸騰した（ブラックリストに載

せられると厄介なので、辛うじて爆発を抑えた)。これは解約しにくくするための悪辣な経営手段である(後で知ったことだが、これはドコモだけでなくほかの会社も同じだった。なおこの悪しき慣行は、二〇一九年に廃止された)。

気が長いことが売りの老人でも、一万円程度の違約金を節約するために一年近く待つ気にはなれない。なるべく早くドコモと縁を切りたかったので、J.com経由で格安スマホのHuaweiと契約することに決めた。

J.comに電話した翌々日に、感じがいいサービスマンがやってきて、違約金のうちの半分を商品券で還元してくれるという。ドコモとの解約も、電話一本で済むことを教えてもらった。

かくしてヒラノ老人は、二〇一八年一一月にガラ携老人を卒業して、スマホジイサンになったのでした。

好事魔多し。契約した翌日に、トランプ大統領が米国政府機関に対して、情報漏洩のリスクがあるという理由でHuawei機器の購入禁止令を出し、同盟国政府に対してもアメリカに追随するよう要求した。日本政府はいつも通りアメリカに同調し、政府機関のHuaweiとの取引をストップした。

当面は政府機関に限られるが、この措置が民間にも拡大される可能性が高い。〝J.comさん、どうしてくれますか〟と呟いたが、その後一年以上経過した二〇二〇年二月現在、Huaweiスマホは問題なく機能している。

ただしスマホを使うのは，電話とメールの着信をチェックするときだけである。簡単なメールを読むときは、パソコンを立ち上げる必要がないスマホの方が楽だが、メールを打つときには、これまで通りパソコンを使っている。

ドコモの脅しに乗って、ガラ携三銃士の誓いを破った老人は、未だにU氏にこのことを報告するのを躊躇っている。Y氏の言い訳に納得したお人よしのように、U氏が意志薄弱老人の言い訳に納得してくれるかどうか分からないからである。

パソコンでメールを打っている限り、変節がばれることは無いはずだが、天網恢恢疎にして漏らさずという格言があるから、油断できない。

9　日本国の大失敗

一九七九年にエズラ・ヴォーゲル教授（ハーバード大学）が、『ジャパン・アズ・ナンバーワン』という本を出版したとき、大方の日本人は、〝日本の経済発展を評価してくれるのは嬉しいが、ナンバーワンはおこがましい〟と考えた。

ところが、アメリカのリーダーたちは違った。このまま放置すれば、日本や韓国などの新興国が、いずれアメリカを脅かす存在になると考えたのである。そこで彼らは、日本弱体化の作戦（陰謀）を練った。

アメリカ陰謀説はフェイクだ、という意見もある。しかし、現在のアメリカの対中国政策を見れば、完全なフェイクとは言えないだろう。アメリカは、決して世界一の地位を譲ろうとしない国なのである。

ヴォーゲル教授の本が出た三年後の一九八二年から三年間にわたって、ヒラノ教授は通産省傘下の「産業研究所」の資金援助の下で組織された、「産業政策と国際関係」研究会の末席に連なる機会があった。

この研究会をリードするのは、先に紹介した石井威望教授である。ヒラノ教授は二〇代半ばに、適応制御理論に関する専門書の翻訳をお手伝いしたときから、この人を知っていた。〝医学博士号と工学博士号を持ち、何でもよく知っている凄い人〟というのが、この当時の印象だった。

それから十数年を経て、石井教授は技術評論家として不動の名声を確立するとともに、通産省のブレーンとして、わが国の技術・産業政策立案のキーパーソンになっていた。

石井教授はあまり学術論文を書かなかったため、大学の中では孤立していたようだが、大学教授の任務は論文を書くことだけではない。学生の教育、大学運営業務（いわゆる雑用）、そして著書の執筆などの社会的貢献活動も重要な任務である。石井教授は、社会的貢献で傑出した業績を上げたスーパースターである。

新聞やテレビでの論説や数々の著書を通じて、石井教授が〝日本はこれから先も、自動車や半導体に代表されるハードウェア（工業）で、世界のリーダーシップをとるべきだ〟と考えていることを知っていた。

その背景には、世界に君臨する自動車、半導体などのハード技術に対する強い自信があった。

これに対してソフトウェア関係者の一人であるヒラノ教授は、日本ももう少しソフトウェア産業を重視してほしい、と考えていた。

計算機科学の揺籃期に、わが国のリーダーの一人である森口繁一教授の薫陶を受けたヒラノ青年は、計算機そのものを研究しても芽が出ないと思ったので、計算機の応用、すなわちオペレーションズ・リサーチ（OR）の専門家を目指した。

ところがこの当時、通産省や日本の計算機科学者の間では、ソフトウェアや計算機の応用研究は二流、三流の研究者がやることだと考えられていた（したがって、この分野に対する研究資金配分は、微々たるものだった）。

これに対して、六〇年代半ばに設立されたスタンフォード大学計算機科学科では、スタッフの八割以上がソフトウェアと計算機応用の専門家だった。

ハードウェアの研究は、電気工学科と計算機メーカーの領分であって、ソフトウェア研究と、科学技術から芸術、人工知能、教育などに広がり始めていた計算機の応用研究が、計算機科学科の主要テーマだと考えられていたのである。スタンフォードだけではない。アメリカの主要大学の計算機科学科は、どこも同じ運営方針を採用していた。

七〇年代に入ると、アメリカではMicrosoft, Oracle, Adobeなどのソフトウェア会社が収益を伸ばしはじめた。ところが日本は依然として、ハードウェア偏重路線を取り続けていた。

研究会の冒頭に行われた、石井教授の「日本の技術の現状と将来展望」と題する講演を聞いたヒラノ教授は質問した。

「日本はもう少しソフトウェアを重視すべきではないでしょうか」と。これに対する答えは、「ソフトウェアは儲かりません。それに今からやっても、アメリカに追いつくのは難しいでしょう。体力（ハードウェア）が強い日本は、頭（ソフトウェア）が少しやぼったいくらいの方がいいのです。ソフトは（ハードで勝てない）アメリカにくれてやりましょう」

言いたいことはあったが、論争しても勝ち目がないので、ヒラノ教授は矛を収めた。そして毎月石井教授のご講話を拝聴しているうちに、石井ドクトリンに洗脳されていった。日本を代表する論客諸氏（山崎正和、高坂正尭、宮崎勇、公文俊平各氏ら）も、石井教授の主張を受け入れた。

若いころソフトウェア科学者集団の中で暮していたから知っているのだが、彼らは極めて優秀だった。しかし、日本ではソフトウェア研究が軽視されたため、世界の趨勢に乗り遅れてしまった。極めて残念なことながら、わが国の計算機科学科の中で、現在世界の一〇〇位以内に入るところは一つもないのである。

その結果が、アメリカのＧＡＦＡ（Google, Amazon, Facebook, Apple）によるＩＴビジネス独占である。

研究会がスタートした一九八二年当時、日本はすでに十分に豊かになったと思っていたヒラノ教授は、これから先の日本は世界一を目指すより、これまでに蓄えた富をいかに使うべきかを考える時代を迎えたのではないか、と思っていた。しかし若輩者は、石井教授をはじめとする論客に、このような意見をぶつけることは出来なかった。

さだまさしは一九八七年に発表した「風に立つライオン」の中で、アフリカで医療に携わっている日本人医師に、「ぼくたちの国は、残念だけれどどこか大事なところで道を間違えたようですね」と歌わせているが、世界一を目指した日本は、バブルに浮かれて破滅への道を選んだ。

一九八二年末には、八〇〇〇円に過ぎなかった日経平均株価は、研究会が終了した八五年末には一万三〇〇〇円を超え、八七年末には二万一五〇〇〇円に達した。五年の間に二・八倍になったのである。

日本ＯＲ学会の「投資と金融のＯＲ」研究部会が発足したのは、八八年四月である。ＯＲ学会の指導部の間では、かねてより金融工学への参入が真剣に議論されていたが、主流派研究者の批判を受けること必定の研究会主査を引き受ける人が見つからなかったため、研究普及担当理事を務めるヒラノ教授が引き受けざるを得なくなった。

この三年前の一九八五年の夏、国際数理計画法シンポジウムに参加するためＭＩＴを訪れた時、ダンツィク教授のもとで数理計画法の研究をやっていたアンドレ・ペロルド博士が、ハーバード・ビジネススクールのファイナンス担当教授として大活躍していることを知った。

〝ファイナンス理論とは何だろう？〟。興味を覚えたヒラノ教授は、帰国後すぐに丸善の洋書売り場に足を運んだ。そして平積みされていた一ダース余りのファイナンス教科書の一冊を手に取って、これまでモノとヒトの世界に応用されてきたORを、カネの世界に応用したのがファイナンス理論（もしくは金融工学）であることを知った。

〝これなら自分でも何かやれそうだ〟と直感したヒラノ教授は、三週間でこの教科書を読破し、ファイナンス理論の概略を理解した。当時のファイナンス理論は、その程度のものだったのである。

OR学会の研究会には、毎月一〇〇人近い金融機関勤めのエンジニアが集まった。主査を務める以上、独自の研究成果を出さなくてはならない。役職は人間を作ると言われている通り、主査を務めた三年の間にヒラノ教授は、専門家の注目を集めるいくつかの論文を書いた（またまた自慢してしまいました）。そして九年間にわたって続いたこの研究会は、日本の金融工学のベースキャンプになったのである。

株価はその後も上昇を続け、日経平均株価は八九年の大納会で、四万円に迫る史上最高値を付けた。野村證券はこのころ、翌九〇年には五万円台に届くと予想していた。

折から日本政府は、アメリカの要求を受け入れて、合計五〇〇兆円に及ぶ内需拡大策を推し進めていた。経済評論家は、遠からずGDP一〇〇〇兆円の日本が誕生すると予言した。間もなく〝もう一つの日本〟が生まれるというのである。

評論家の扇動と機関投資家の期待に支えられて、バブルは膨れ上がった。そして古今すべてのバブルと同じように崩壊した。一九九〇年に始まったバブル崩壊と、それに伴う政府の低金利政策は、以後三〇年にわたる日本の衰退をもたらした。

なぜ株価の急上昇、即ちバブルが起こったのか。バブルが崩壊したあと、ヒラノ教授はバブル発生と崩壊のメカニズムに関する数理工学的研究に取り組んだ。たどり着いた答えは、〝巨額の資産を持つ機関資家の、投資から得られる将来の利益に対する期待が上昇するにつれて株価は上昇し、ある限度を超えたところで崩壊する〟ということだった。

これは定性的には古くから知られていたことだが、ヒラノ教授は「市場平均貪欲度」という指標を導入して、このことを定量的に示すことに成功した（残念ながら、エンジンニアが導いたこの結果は、経済学者には無視された）。

バブル崩壊後、金利は下がり続けた。金利理論の世界的権威であるヤシーヌ・アイトサハリア教授（プリンストン大学）によれば、戦後の資本主義社会において、無リスク金利（一年もの国債の金利）が長期的に四％を下回ることはなかったという。一時的に四％を切っても、市場では金利上昇圧力が発生して、間もなく四％の水準を回復するという理論である。

金利が三%台に落ちた九二年六月、ヒラノ教授は投資家たちが将来の金利をどのように予想しているかを計算してみた。将来の予想金利水準は、満期までの長さが異なる国債の市場価格から推計することが出来る。

計算結果は、二年後には四%台を回復し、その一年後には五%に届く、というものだった。しかしこの見通しは外れ、九三年六月の金利は二%台に落ちてしまった。

そこで再び将来の予想金利を計算したところ、二年後には四%台に戻り、その後も五%台を目指して徐々に上昇するという結果が出た。投資家は依然として、日本の将来について楽観的な見通しを立てていたのである。

ところが実際には金利は下がり続け、九五年六月には一%を切り、二〇〇二年には実質的にゼロ%になった。投資家の予想はことごとく外れたのである。

金利とは、人々が現在の消費を我慢することに対する報酬として与えられるものである。現在一〇〇万円を消費せずに貯蓄に回せば、一年後に一〇四万になって戻ってくる。これが金利四%の世界である。

あるプロジェクトを立ち上げるために、一〇〇〇万円の資金が必要であるものとしよう。金利四%の世界では、銀行から一〇〇〇万円を借り入れてプロジェクトをスタートさせれば、一年後に四〇万円の利息を払わなくてはならない。もし四%以上の利益が期待できないようであれば、プロジェクトの実施は見合わせるべきである。

金利が二％を切ったときヒラノ教授は、博多の街に出現した豪華絢爛なショッピング・センターの経営者と話をする機会があった。豪華さに度肝を抜かれたヒラノ教授は、アルコールの勢いで不躾な質問をぶつけた。

「もし金利が三％になったら、どうなりますか」

「すぐ潰れます。しかし今後も金利は上がりませんから、心配はご無用です」

その通りだった。金利はその後も下がり続けた結果、件のショッピング・センターは今も健在である。成功したのはめでたいことだが、三％の利益も生まないようなビジネスに、存在意義はあるだろうか。低金利は非効率的なビジネスに塩を送るシステムである。

ゼロ金利の下で、全く利益を生まないビジネスも生き残った。この結果日本の競争力は損なわれた。二〇年続いたゼロ金利の下で、日本のＧＤＰは二倍になるどころか、二〇年前の一割増し程度の水準に止まっている。

ヒラノ教授は九〇年代半ばにある研究会で、「経済システムの崩壊を防ぐために、公定歩合を引き上げるべきだ」と主張した。これに対して経済学者は、「現在の経済情勢の下で、公定歩合を引き上げるという主張はナンセンスだ」と決めつけた。なおこの時代に金利引き上げを主張したのは（ヒラノ教授が知る限り）、セブンイレブンの経営者である鈴木敏文氏だけだった。

低金利政策は労働者や老人から金利収入を奪った。その一方で、競争力がない企業は倒産を免れ大きな利益を得た。競争力がある企業は、さらに大きな利益を手にした。実際大企業の内部留保金は、二一世紀に入ってから三倍（約四〇〇兆円）に膨れ上がったのである。

そして今やゼロ金利を通り越して、マイナス金利の時代がやってきた。マイナス金利の下で、銀行や生保は軒並み経営不振に陥っている。これから先もマイナス金利政策を続ければ、（地方）銀行は遠からず破綻するだろう。

マイナス金利は、従来の金融理論を覆してしまった。体制派の経済学者や評論家は、それでもかまわないと言う。彼らはどのような政策であっても、それを正当化するロジックを生み出す名人なのである。

その恰好な例が、現在流行中のＭＭＴ理論である。国債が自国民の資金によって賄われている限り、政府負債はいくら膨張しても構わない、という理論である。短期的にはこの理論は正しい。しかし政府負債が際限なく増加すれば、いずれ国民は国債を消化しきれなくなる。

ＭＭＴはこのことを無視している。そうならないうちに、経済が成長して新規国債発行が止まるだろう、という**まことに都合のいい**理論である。

七〇年代に、**まともな**金融理論や経済理論を学んだ者にとって、マイナス金利容認理論やＭＭＴ理論は、レーガン時代のラッファー理論（減税すれば歳入が増えるという理論）以上に驚愕すべきものである。

ヒラノ老人がまともだと考える経済学者は、ＭＭＴ理論を批判している。しかし、政府に迎合する経済学者（評論家）の言説を聞いていると、バブルをあおった経済学者（評論家）を思い出す（彼らはＭＭＴ理論が破綻しても、バブル時代のイケイケドンドン評論家と同様、責任を取らずにちゃっかり生き残る）。

日本国の大失敗と言えば、一九七九年の日中国交回復以来、四〇年に及ぶ対中国政策に触れないわけにはいかない。

日本は第二次世界大戦中に中国に対して大きな被害を与えた。そのため日中国交回復以来、総額で四兆円に近いＯＤＡ援助を行った。そして中国のＧＤＰが日本を追い抜き、世界第二位の大国になってからも、援助を継続したのである。

その一方でわが国は、四〇年間にわたって知的財産権侵害、強制的技術供与（技術強奪）、領土強奪計画などで大きな損害を被った。かく言う筆者も、日本政府の戦後補償政策の被害を受けた一人である。

東工大に移籍して三年目の一九八五年春、ヒラノ教授は文革の際に北京から安徽省合肥というド田舎に下放された「中国科学技術大学」に大岡山から〝下放された〟。与えられた任務は、中国人学生たちに対して、日本の情報化に関する一五回分の講義を行うことである。

情報化の専門家ではないにも関わらず、この仕事を引き受けたのは、文部省の圧力を受けた学長の依頼を断れなかったからである。

情報化に関する知識が全く無ければ断っただろう。しかし「産業政策と国際関係」研究会で、石井教授と公文教授の講演や、通産省から提供された多くの資料を通じて、情報化に関する知識を手に入れていた。

また三週間にわたるシリコンバレー調査で、アメリカのトップを走る情報企業各社に関する情報を入手していた。したがって相手が学生であれば、一五回の講義を行うことが出来る程度の知識は持っていたのである。

文革終了からあまり時間がたっていなかったこの時代の中国は、聞きしに勝る貧しさだった。〝中国はこれから先何十年かかっても、日本に追いつくことはできないだろう〟。これが三か月の中国訪問を終えたときの感想だった。

中国人の貧しさに同情したヒラノ教授は、日本に戻ったあと十数年の間に、多くの中国人留学生の面倒を見た。北京大学、精華大学、上海交通大学などの一流大学だけでなく、青島大学などの二流大学、そして名前も聞いたことがないような大学の学生を含めると、二ダースは下らない。

東工大の実験系教授は、これをはるかに上回る数の中国人留学生の面倒を見たはずだ。それにもかかわらず、帰国した留学生の中には、中国政府の反日政策に賛同する人が多かったという。

東工大教授は仮に中国政府を憎んだとしても、留学生を怨んだりはしない。彼らは東工大の日本人学生には及ばないまでも、総じて勤勉かつ優秀だったし、少数ながら政府の反日政策を批判する人もいたからである。

問題なのは、文科省の留学生政策である。一九八二年の留学生一〇万人計画（二一世紀初頭までに留学生を一〇万人まで増やす計画）はともかく、二〇〇八年の留学生三〇万人計画に至っては、亡国の政策としか言いようがない。この政策のおかげで、東工大のキャンパスは中国からの留学生であふれかえった。程度の差はあっても、東大も京大も事情は同じだったはずである。

日本という国は、日本人（中でも工学部教授と学生）の犠牲の上に、貴重なお金と人材を、日本を敵視する国に分け与えたのである。日に日に貧しくなる日本人学生にくらべて、日本政府の奨学金で恵まれた生活を送っている中国人留学生に憤慨する東工大の事務職員の声を聞かせたいものだ。

中国については、もう一つ苦い思い出がある。一九九〇年代初め、ヒラノ教授は「高度技術社会の展望」というタイトルの大型プロジェクトに駆り出された。そこで環境問題の専門家が主張したのは、〝（まずはありえないことだが）、一〇億人の中国人が自家用車を持つ時代が来れば、世界は資源・環境問題で破滅する〟ということだった。

これに対してエンジニアは反論する術がなかった。それにもかかわらずお人好しのエンジニアは、国の政策の下で中国を支援し続けたのである。

10　ヒラノ教授とユダヤ人

一九四〇年生まれの日本人の多くがそうだったように、ヒラノ教授の人生は常にアメリカとともにあった。

小学生時代に見た西部劇とミュージカルが点火したアメリカへの憧れは、中学・高校時代のポップス、ジャズ、ロックンロールを経て、大学時代にアメリカ直輸入のオペレーションズ・リサーチ（ＯＲ）を勉強したことによって、一層本格的なものになった。

しかしこの頃のヒラノ青年は、アメリカと直接かかわる日が来るのは、遠い先のことだと思っていた。一ドル三六〇円時代の日本では、厳しい為替管理が行われていたから、一般市民の海外渡航は夢のまた夢だった。ところが大学を卒業してから僅か五年後に、アメリカと直接かかわることになったのである。

一九六八年の初めに、勤務先から海外留学を命じられた青年は、第一志望のＭＩＴ（マサチューセッツ工科大学）、第二志望のカリフォルニア大学・バークレー校、第三志望のスタンフォード大学、そして滑り止めのＵＣＬＡ（カリフォルニア大学ロサンゼルス校）に願書を出した。ＭＩＴとバークレーからは、直ちに三下り半を食らった。このあとスタンフォードからは、〝今年は募集を締め切ったが、来年なら受け入れ可〟という手紙が届いた。しかし一年後では留学の権利が失われるので、ＵＣＬＡに留学することに決めた。

国立大学一期校と名門私立大に不合格になったので、やむを得ず国立大学二期校に入ることにしたという次第である。ところが渡米二か月前になって、スタンフォードから、「辞退者が出たので入学を許可する」という通知が届いたので、ＵＣＬＡを袖にした。

はじめてアメリカの地を踏んだ青年は、憧れのマドンナの家を初めて訪れたときのような気分だった。その翌日、大学のカフェテリアで、バーガーキングのワッパー並みの巨大ハンバーガーを頬張りながら、先輩留学生から受けたレクチャーは、半世紀後の今も鮮やかに脳裏に焼き付いている。

かつては、東海岸の名門校の間で、「田舎のブルジョア大学」と揶揄されたスタンフォードは、潤沢な資金力と恵まれた気候条件に物を言わせて、全米各地の大学から有力な教授を引き抜き、今やバークレーを追い越し、ハーバードに肉薄する勢いであること。

工学部はすでにＭＩＴ、カルテク（カリフォルニア工科大学）に並ぶ存在であること。平均Ｂ

マイナス以下の成績を取ると退学勧告が出ること。オールAの成績を取るためには、一日一二時間以上勉強しなくてはならないこと。この大学の教授の六割はユダヤ人で、学生もユダヤ人が多いこと、などなど。

わずか一時間のレクチャーの間に、〝西の横綱〟バークレーは、スタンフォードにその地位を譲り渡していた。

この年にOR学科の博士コースに入学した一四人の同期生は、MIT、ハーバード、カルテクなど全米の一流大学や、フランスの最高学府でトップの成績を取った秀才で、その半数はユダヤ人だった。

ユダヤ人社会には、強固なネットワークが張り巡らされていて、優秀なユダヤ人学生が、ユダヤ人教員の手で、ユダヤ人教授が多いスタンフォードに送り込まれてくるのである。

スタンフォードのOR学科は、コロンビア大学と双璧と言われる統計学科から派生した学科である。東大の数理工学コースで、統計学とORを勉強した青年は、これらの分野はユダヤ人が主導権を握っていることを知っていた。

二〇世紀前半最大の（応用）数学者と呼ばれるジョン・フォン・ノイマンを筆頭に、ヤコブ・マルシャク、ケネス・アロー、ジョージ・ダンツィク、リチャード・ベルマン、アブラハム・ワルド、デビッド・ブラックウェル、ヘルマン・チャーノフ等々。

しかしこのときは、ＯＲ学科の一〇人の教授のうち、八人がユダヤ人であることは知らなかった。教授の八割がユダヤ人で、学生の半数もユダヤ人というコミュニティに入り込んだ青年は、これから後約一五年を、準ユダヤ人として暮らすことになるのである。

森口研究室の落ちこぼれが、人並み以上の研究業績を上げることが出来たのは、一にも二にも森口教授からユダヤ人コミュニティへの入場切符を頂戴したおかげである。

一九五〇年代初めに、ノース・カロライナ大学とコロンビア大学に留学した森口教授は、ユダヤ人統計学者の間で、〝日本にモリグーティ（Moriguti）あり〟と刮目される存在だった。噂によれば、日本に帰国する際には、コロンビアやスタンフォードから長期滞在の要請があったということだ。

ＯＲ学科主任のジェラルド・リーバーマン教授は、コロンビア大学時代に森口教授と同僚だった人である。そこで、入学が決まっていた学生が徴兵された結果空いた定員を、森口教授が推薦するヒラノ青年に割り当てて下さったのである。

初めて日本からやってきた青年には、ユダヤ人教授たちの注目が集まった。この後ヒラノ青年は、森口教授の名前を汚さないように、一日一四時間の猛勉強に明け暮れた。どの世界でも一流になるためには、一万時間のトレーニングが必要だと言われているが、ヒラノ青年はスタンフォードに滞在した三年弱の間に、一万四〇〇〇時間以上勉強した。

一九六〇年代末のアメリカ社会は、混乱の中にあった。六八年四月には、アラバマ州でキング牧師暗殺事件が、六月にはロサンゼルスでロバート・ケネディ暗殺事件が起こっている。また翌六九年には、バークレーでベトナム戦争反対のキャンパス暴動が発生し、これを鎮圧するために、リーガン知事（のちのレーガン大統領）の手で州兵が投入され、死者が出ている（このときバークレー・キャンパスは、一か月近く閉鎖された）。

またベトナム戦争が激化する中、七〇年には中西部のウィスコンシン大学で、過激派学生によるキャンパス爆破事件が発生し、数人の学生が死亡している。日本でも東大では安田講堂占拠事件の影響で、六九年の入学試験が中止されるなど、世界各地の大学は騒然たる状況だった。

スタンフォードでも、六九年に右派政治学者の拠点である「フーバー研究所」放火事件が起こり、首脳部は大学閉鎖を考えたという。また同期生の中には、ベトナム送りを免れるためカナダに逃亡する人もいたが、ブルジョア階級の子弟が多いこの大学では、大きな騒動には繋がらなかった。

ヒラノ青年はこのような環境の中でひたすら勉強に励み、バークレーから移籍したばかりの「線形計画法の父」ジョージ・ダンツィク教授の指導のもとで、一九七一年に博士号を取得した（このあたりのことは『工学部ヒラノ教授の青春』（青土社、二〇一四）で詳しく紹介した）。

もしバークレーに合格していたら、心配性のヒラノ青年は、州兵が溢れるキャンパスで、一日一四時間の勉強に打ち込むことは出来なかっただろう。またダンツィク教授の指導を受けることも出来なかったのだ。バークレーに振られたときは大層落胆したが、まことに人間の運命は分からないものである。

なお同じ時期に、ダンツィク教授の指導を受けていた七人の学生の中で、最終的に博士号を手にしたのは、二人のユダヤ人と一人のドイツ人、そして一人の日本人だけだった。ユダヤ人学生は、それ以外の学生より優秀だったからだろうか。確かにそういうこともあるだろうが、ユダヤ人ネットワークの援護射撃も影響したのではなかろうか。

ヒラノ教授の専門である「数理計画法」は、第二次世界大戦後にダンツィク教授が創始した「線形計画法」を母体として発展した分野で、一九二〇年代半ばまでに生まれた第一世代のジョージ・ダンツィク、アブラハム・チャーンズ、リチャード・ベルマン、エゴン・バラス、ラルフ・ゴモリー博士などは、すべてユダヤ人である。また一九三〇年代に生まれた第二世代にもユダヤ人が多い。

ユダヤ人は古くから科学、芸術、金融の世界で圧倒的なパワーを発揮してきた。ノーベル賞受賞者の二〇％はユダヤ人だし、ORのノーベル賞と呼ばれるフォン・ノイマン賞の受賞者や、計算機科学のノーベル賞と呼ばれるチューリング賞受賞者も、三〇％以上はユダヤ人である（ユダヤ人の数は、世界の総人口の〇・二％に過ぎないことを考えると、これは驚くべき数字である）。

旧勢力の批判や妨害をはねのけて、数理計画法という新分野を切り拓いた、ダンツィク教授をはじめとする第一世代のユダヤ人研究者は、すぐれた知力、見識、人間力の持ち主だった。また彼らの薫陶を受けた第二世代にも、優秀で謙虚な人が多かった。

スタンフォードで過ごした三年の間に、ヒラノ青年はダンツィク詣でに訪れる多くの第二世代ユダヤ人研究者と言葉を交わす機会があったが、実績を鼻にかけない謙虚な人が多かった。ところが第一世代と第二世代が敷いたレールの上を走るだけで、地位と名誉が手に入った第三世代ユダヤ人の中には、実力を上回る自信を持つ人が目立つようになった。

第二世代と第三世代にまたがる一九四〇年生まれのヒラノ青年は、ダンツィク・ファミリーの一員として、準ユダヤ人待遇を受けた。後年ウィスコンシン大学に客員助教授として招かれたこと、ウィーンに新設された「国際応用システム分析研究所」に招かれたこと、さまざまな国際ジャーナルの編集陣に加わったことなどは、このことを抜きには考えられない。

日本におけるORのチャンピオンである森口教授の弟子で、世界チャンピオンであるダンツィク教授の、〝日本人としてはただ一人の〟弟子であるヒラノ青年は、日本のOR関係者の間で一目も二目も置かれる存在になった。

このまま大過なく過ごしていれば、今なお準ユダヤ人待遇を享受していただろう。そうなっていれば、ヒラノ教授はもう少し偉くなっていたかもしれない。しかし、(第三世代)ユダヤ人グループとの良好な関係は八〇年代半ばに破綻した。

一九七九年の四月、ヒラノ教授は四か月後にモントリオールで開催される国際数理計画法シンポジウムの際に、三年後(一九八二年)のシンポジウムに立候補するよう依頼された。依頼主は国際数理計画学会・会長のフィリップ・ウォルフ博士である。この人は、ダンツィク・ファミリーの長兄にあたる存在で、線形計画法の揺籃期に数々の画期的業績を上げた大物である。

学会の中心人物から立候補依頼があったからには、日本開催が支持されるだろうと思って理事会に出席したお人よしは、事実上一年前から西ドイツ開催が決まっていたことを知った。

ベルンハルト・コルテ教授(ボン大学)が用意したのは、三〇ページに及ぶ色刷りパンフレットで、そこには西ドイツ政府の資金援助が得られる見込みであることや、ライン川下りの船の中で晩さん会を開く計画などが記されていた。政府の財政支援を取り付けるためには、優に一年近い準備期間が必要だったはずだ。

一方、四か月前に立候補を打診されたヒラノ教授が用意したのは、A4で六枚程度の貧弱なパンフレットだった。コルテ教授のプレゼンの後、日本誘致演説を行ったダンツィク・ファミリーの末弟は、非ユダヤ人コミュニティでは〝ビッグ・バッド・ウォルフ〟と呼ばれている長兄に騙されたことに打ちひしがれた。

立候補国が一つだけだと、学会の権威に傷がつくと考えたウォルフ会長が、当て馬として日本を立候補させたのである。もしあらかじめ、当て馬だということを知らされていれば、これほど大きなショックは受けなかっただろう。

しかし、たとえ貧弱なプレゼンであっても、日本が立候補したという事実は、ダンツィク教授をはじめとする第一世代の研究者を喜ばせた。

彼らの激励と若手の支援を受けたヒラノ教授は、一九八八年に東京でシンポジウムを開催すべく、さまざまな対策を講じた。日本の数理工学界のチャンピオンである伊理正夫教授（東大）を実行委員長とする「RAMPシンポジウム」を毎年一回開催し、海外からの大物（その多くはユダヤ人）を招いて顎足つきで接待した（伊理教授は、数理科学の世界では、ユダヤ人集団とうまくやる必要があることを熟知していた）。

ダンツィク・ファミリーの末弟は、権威主義の兄弟子たち、そしてダンツィク教授の盟友であるアルバート・タッカー教授（プリストン大学）のスノビッシュな弟子たちを接待して、日本誘致を支援してもらうべく、万全の対策を講じた。

一九八五年の夏にMITで開催された理事会で、日本招致プレゼンを行ったヒラノ教授は、第三世代のユダヤ人理事諸氏から、巨額の金銭負担を要求された。

一ダース余りの学会役員の旅費の全額負担、約五〇〇人のアメリカ人参加者の旅費・参加費の一部補助、ハンガリーの恵まれない研究者（ユダヤ人）の参加費免除と旅費・滞在費の全額負担、などなど。

学会役員の旅費負担はともかく、（お金持ちの）アメリカ人参加者全員に対する補助は論外である。また恵まれない研究者は、何もハンガリー人に限るわけではない。発展途上国の研究者は、恵まれない人ばかりである。日本人研究者もついこの間まで、海外の研究会に参加できるのは一握りの大物だけだったのである。

世界各国から一〇〇〇人近い研究者が集まる国際会議を開催するためには、三〇〇〇万円以上の資金が必要である。その半分は参加者の登録料でカバーすべきところだが、これまでの慣例では一人あたりの登録料は八〇ドルが限度である。

ところが急激な円高が進行したため、登録料は三〇〇〇万円の半分にも届かない。足りない分は、企業や公的機関の補助金に頼るしかない。

理事会が開催された一九八五年の夏、日本経済は低迷していた。企業から二〇〇〇万円の賛助金を集めるのは非現実的である。せいぜい一〇〇〇万円が限度である。ところが、日本は金満国家だと考えているユダヤ人理事たちは、要求を取り下げようとしなかった。

もし彼らの要求を呑んで、お金が集まらなかったらどうなるか。約束を守らなければ後々まで祟るから、三年にわたって無報酬で働いてきた実行委員が自腹を切らざるを得ない。実行委員長、副委員長、事務局長はそれぞれ三〇〇万円、実行委員二五人はそれぞれ一〇万円の供託

――。それでも足りないかもしれない。

しかしヒラノ教授は、これはアメリカでは当たり前の〝ダメもと〟要求ではないかと考えた。ともかく最大限要求してみる。全部通れば万々歳、半分だけでも万歳、ダメでもともとという要求である（これは現在に至るまで何度も繰り返された、日米経済交渉におけるアメリカの常套手段である）。

半分くらいであれば、何とかなるかもしれない。しかし半分認めれば、全部呑まされるかもしれない。そこでヒラノ教授は、学会役員の旅費負担以外は拒否することにした。

拒否すれば日本開催が否決される可能性があった。しかし、ダンツィク教授やタッカー教授をはじめとする第一世代の大御所たちが、日本開催を支持していることから見て、さまざまな問題を抱える対抗馬のアルゼンチンに負けることはない、と判断したのである。

「No, we cannot afford to cover such a big expense」「No, I am afraid not」。No, No, Noを繰り返す日本人に根負けした理事諸氏は、日本開催に同意してくれたが、ヒラノ教授は三〇年に及ぶ前例を覆した許しがたい男になった。

あとになって知ったことだが、ハンガリーのユダヤ人全員の無料招待は、三年ごとにアメリカとヨーロッパの国々が交代で開催してきた、国際数理計画法シンポジウムにおける慣行だった。自由世界に住むリッチなユダヤ人は、共産圏に住む恵まれないユダヤ人に負い目を感じていたのである。

ヨーロッパ諸国で開催される場合は、十数人のハンガリー人の招待費用の額は知れている。アメリカの場合は、ユダヤ人ネットワークがサポートするだろう。しかし日本で開催する場合は、一人当たり最低でも二五万円、全体で四〇〇万円以上かかる。

この後日本経済は急回復し、未曽有のバブルが発生した。このため企業から予想以上の賛助金が集まったので、赤字を出さずに済んだが、四〇〇万円をケチったために、準ユダヤ人資格を剥奪されたヒラノ教授は、このあと何回も第三世代ユダヤ人のいやがらせを受けるのである。

一つ目は投稿した論文に対する不当な扱いである。第三世代ユダヤ人のチャンピオンが編集長を務めるジャーナルに投稿した自信作に対して、二人のレフェリーによる「マイナーな修正の後再投稿」というレポートと、「この論文は掲載に値しないので拒絶する」という編集長の手紙を受け取ったヒラノ教授は抗議した。

「レフェリーの意見は、〝修正後再投稿〟となっているのに、編集長の一存でボツにするのは納得できません」

「編集長は、論文を受理するかしないかについて、すべての権限を持っている」

規約上はその通りに違いない。しかし専門家である二人のレフェリーの意見を無視してボツにするのは許し難い。納得できなかったヒラノ教授は、

「あなたが編集長を務めている限り、二度とこのジャーナルには投稿しない」という趣旨の手紙を送った。それに対する返信は、

「このような無礼な手紙を受け取ったのは、これが初めてだ。今後投稿しないのであれば、手間が省けて結構だ」というものだった。

憤慨したヒラノ教授は、研究仲間（日本人）に愚痴をこぼした。相手の反応は、「よくあのような大物に抗議しましたね。崇りが怖いので、私は絶対にやりません」だった。ことほど左様に、数理科学の世界でユダヤ人は力を持っていたのである（なおボツにされた論文は、非ユダヤ人が編集長を務めるA級ジャーナルに掲載された）。

二つ目は、新たに就任したある国際ジャーナルの編集委員長（ユダヤ人）から、編集委員を解任されたことである（本人が辞退しない限り、またよほどパフォーマンスが悪くない限り、編集長が変わった後も編集委員は自動継続されるのが慣例である）。

ダンツィク教授の息子は、第三世代が作ったブラックリストに載せられても、ファミリーから抹殺されることは無かった。しかし第一世代の大物にたてついて、この世界から葬られたK氏や、K氏に便宜を図ったためにファミリーから追放されたMIT教授（多分ユダヤ人）もいる（アナ恐ろし）。

国際数理計画法学会におけるユダヤ人支配が一層に顕著になったのは、二〇〇〇年夏に

ジョージア工科大学で開催されたシンポジウムの時である。このシンポジウムでは、過去三年の間に最も顕著な業績を挙げた研究者を表彰することになっているのであるが、N教授（ユダヤ人）が委員長を務める審査委員会で、三部門すべての受賞者にユダヤ人が選ばれたのである。公正な基準で受賞者を選んだところ、たまたますべてがユダヤ人だった、ということがありえないわけではない。しかし、この選考結果に違和感を覚えた人は少なくなかった。

この後ヒラノ教授は、（ユダヤ人に対抗心を燃やす）ギリシャ人グループや非ユダヤ系研究者たちと、大域的最適化や資産運用理論という分野で仕事をする過程で、ユダヤ人コミュニティに広がる情実人事について、様々な情報を手に入れた。

アメリカは実力主義の社会だと言われている。しかし、実際には日本と同様コネがモノをいう社会である。そして、アカデミックなコミュニティにおける最も強力なコネが、ユダヤ人ネットワークにつながっていることなのである。

あるギリシャ人教授は、「ギリシャ人と日本人が協力して、ユダヤ人勢力と対抗しよう」とヒラノ教授に持ちかけた。そこで京都大学の大物教授にこの話をしたところ、

「ヒラノさん。ギリシャ人は、海運業界の人たちから、辻さんと呼ばれていることを知っていますか？」

「辻さんですか？」

「ジュウに〝じんにゅう〟を付けたような人たちだ、という意味です」
「つまりユダヤ人より欲が深いということですか」
「ふっふっふ」
「そういえばギリシャには、アリストテレス・ソクラテス・オナシスという海運王がいましたね」

ユダヤ人の優秀さは否定しようがない（コネだけで偉くなったボンクラもいるが）。しかし謙虚だった第一、第二世代と違って、第三世代には、自分たちの優秀さをストレートに誇示する人が増えた。

敬愛する第一世代のユダヤ人研究者はすでにこの世を去り、第二世代も第一線を引退した今、ヒラノ老人には第三世代以降の、謙虚さを失ったユダヤ人が実権を握る、国際数理計画法シンポジウムに参加する気力も体力も財力もない。研究生活から身を引いた後、彼らとお付き合いする必要がなくなったことに、感謝しているくらいである。

もちろん第三世代のユダヤ人すべてが傲慢だ、というわけではない。彼らの中には、スタンフォード時代以来ずっと交友関係を維持している、素晴らしい人たちもいる。

これは学術以外の世界でも見られる現象である。ユダヤ人は世界中で畏怖されている。彼らを批判する言動は、「ＡＤＬ（ユダヤ名誉棄損防止連盟）」という組織によってチェックされ、社会的に抹殺されるリスクがある。

だからヒラノ教授は、若い野心的な研究者たちに向かってアドバイスしている。「ユダヤ人集団がリーダーシップを握る数理科学の世界で、うまくやろうとするのであれば、ブラックリストに載せられないよう用心するに越したことはない」と。

誤解がないように書いておけば、ヒラノ教授は理事会でNo, No, Noを連発したことを後悔してはいない。もしここで理事会の要求を呑んでいれば、その後アメリカとヨーロッパ以外の国が、シンポジウム開催に立候補する際の足かせになっていたからである。

11　ヒラノ教授とアメリカ

ユダヤ人集団との関係が複雑な経緯をたどったのと同様、ヒラノ教授とアメリカとの関係にも紆余曲折があった。

スタンフォードから帰って一年ほどしたころ、ヒラノ青年は五大湖の西に位置するマディソンにある、ウィスコンシン大学の「陸軍・数学研究センター」に、客員助教授として招かれた。同じときにこのセンターに招かれたのは、大物教授のもとで博士号を取ったばかりの二人の若者T氏とM氏である。

三人の若者には、一ダース余りの常任教授の注目と期待が集まった。任期が終わった後戻るところが決まっているヒラノ青年と違って、T氏とM氏は二編以上のA級論文を書けば、A級大学の助教授ポストが手に入る。B級論文しか書かなければ、B級大学で我慢しなくてはならない（そして一生B級大学暮らしに甘んじる可能性が高い）。C級論文の場合は、センターから放り出されて透明人間になる。

　スタンフォードで博士号を取るまで絶好調だったヒラノ青年は、ウィスコンシンでの一年は絶不調だった。難しい問題――いわゆるＮＰ困難問題――にはまり込んだためであるが、それ以外にもいくつかの原因があった。

　一つは、短い雨季以外は、毎日が初夏のように快適なスタンフォードと違って、夏の三か月を除けば曇天と寒気に包まれたミゼラブルな気候である。

　マディソンは、一般的には中西部の都市と呼ばれているが、零下二〇度は当たり前で、時には零下三〇度になる。ここで強風が吹けば、体感温度は摂氏と華氏が重なる零下四〇度になる。このことを考えれば、実質的には北部と言った方がいい土地である。寒冷地に住んだことがない青年は、身も心も凍える一年間を過ごした。

　ベトナム戦争への協力を求められる「陸軍・数学研究センター」への学内・学外の風当たりは尋常ではなかった。数人の死者を出した二年前の爆破事件は、このセンターを狙ったものだったのである。

　爆破事件のあと、大学当局から厄介者扱いされたセンターは、キャンパスの中心から一キロ以上離れた一二階建ての建物の最上階に隔離されていた。建物の前に常駐する武装警官が、入構者に身分証明書の提示を要求する。入り口では名前と入構時間を記入しなくてはならない。

一度入構した後は外に出にくい雰囲気である。

事件後、嫌気がさした大物研究者が次々とセンターを去ったため、残った人の多くは六〇過ぎの高齢数学者だった。このためひところは、応用数学研究の世界的中心地と呼ばれたセンターは、若い研究者から〝養老院〟と陰口をきかれるようになっていた（一般的に言って、数学者は二〇代が花で、四〇歳を超えたらロートル扱いである）。

実はこの頃大学と陸軍の間では、センターの廃止が検討され始めていた。そのようなこととはつゆ知らずに、廃止間近のセンターに招かれた青年は、到着初日から〝ここはスタンフォードとは違う世界だ〟ということを思い知らされた。

不機嫌の塊のような老研究所長、やる気がない高齢教授、パワハラ満開の壮年教授、ぎすぎすした秘書。

赴任当初は九時前に出勤して、難問を解決すべく努力した。しかし二か月後に開かれたセミナーで、それまで取り組んできた問題が、何人もの研究者を破滅させたモンスター族の一員であることが判明したため、研究意欲が萎えた。

別の問題に取り組もうと思っても、脳みそはモンスターでがんじがらめ状態である。そして、最低限のノルマを達成するために書き上げたB級論文を、パワハラ教授から衆人環視の中で、「書かない方がいい（D級）論文だ」と酷評されたために意気阻喪し、ラジオでウォーターゲート事件に関わる議会審議や、三冠馬セクレタリアトの健闘などを聞いて、無為な時間を過ごした。

時折昼食時に隔離病棟を抜け出し、学内循環バスに乗ってキャンパス中心にある食堂に出かけ、ランチを食べながら、数学研究センター勤務であることを隠して学生、ハンバーガーステーキを焼いているおっさん、賄い婦などと雑談して過ごした。

六時過ぎに家に帰り、家族と夕食を食べたあとは、ウィスキーをグビグビやった。ウィスキーは日本の半値で買えたから、飲もうと思えばいくらでも飲めた。一晩でボトル半分を空にすることもあった。曇天、寒気、雪嵐が続く零下二五度の世界で長い夜を過ごす青年は、アルコールにおぼれた。三年間の勉強漬け生活とは真逆の、アル中生活である。

しかしこの一年間で、アメリカの一般市民と付き合う機会に恵まれた。学内の家族寮に住んで、勉強ばかりしていたスタンフォード時代には、全く経験しなかったことである。そしてつくづく思った。一口にアメリカと言っても、その中はきわめて多様だということを。

気候が違えば、人々の生活スタイルも考え方も異なる。冬の間の運動不足のため、体重一五〇キロ超の肥満体がうようよしていた。中にはアパートの玄関から出られなくなり、窓を壊して病院に運ばれた四〇〇ポンドのトドまでいた。

カリフォルニアと違って、魚介類は腐ったようなものが多く、リンゴは虫食いばかり、コメは細長いタイ米ばかりだった。雪嵐の中での気晴らしは、テレビでのフットボール観戦、街はずれのショッピング・モールでの買い物、そして氷結した湖でのスケートだけである。

中流以下の市民は教養がなかった。たとえば賄い婦のおばさんは、日本がどこにあるか知らなかったし、銀行の窓口嬢はパリがフランスの首都であることを知らなかった（二年ほど前に、『パリ、テキサス』という映画を見て、テキサス州にもパリという町があることを知った）。

また掃除のおじさんは、二けたの引き算が苦手だと言っていた。彼らに比べると、墨田区の介護予防施設に集まる老人は、すべて立派な知識人である。

息子が通う小学校の父母会で、隣の席に座った牛肉解体業者や小麦農園の経営者は、年々低下する生活水準を嘆いていた。「大草原の小さな家」で有名なウィスコンシンは、我慢強いことで知られるドイツ系の移民が多いところだが、彼らは自分たち白人が、アメリカ社会で冷遇されていることに不満を募らせていた。

ウィスコンシンでミゼラブルな一年を経験したあと、ヒラノ青年とアメリカの関係はスタンフォード時代の蜜月関係から一転して、寒々しいものになった。

その一年後、ヒラノ青年はウィーンにある「国際応用システム分析研究所」で一年を過ごした。この研究所では、東西一四か国から招かれた六〇人ほどの研究員が、エネルギー問題、環境問題、人口問題、国際河川管理問題など、多くの国の利害にかかわる問題の分析に取り組んでいた。

ヒラノ青年が所属した「方法論プロジェクト」は、四つの応用プロジェクトを支援する目的で設立されたもので、そのリーダーを務めるのは、ダンツィク教授である。この研究所では、ダンツィク教授以外にも、レオニート・カントロビッチ、チャリング・クープマンス、ミシェル・バリンスキー教授などのユダヤ人研究者が、枢要なポストに就いていた。また研究員の中にも、ウィリアム・ノルドハウス、ジャック・グロスなど多くのユダヤ人がいた。

エネルギー・プロジェクトへの協力を求められたヒラノ青年は、長期エネルギー計画モデルの検証に取り組み、プロジェクト・リーダーの期待を上回る成果を挙げた。

ノルマを達成した青年は残りの数か月、フランス人の同僚の激励の下で、ウィスコンシン時代以来のモンスターと闘い、その息子にあたる小モンスターを退治することに成功した。この結果は二編の論文としてまとめられ、国際レベルのジャーナルに掲載された。

仕事が終わった後は、ウィーン国立歌劇場や国民歌劇場で、オペラやオペレッタを、ウィーン・コンツエルトハウスでウィーンフィル公演を楽しんだ。また路上のカフェやあちこちのワインケラーで、ジプシー楽団とオーストリア・ワインを満喫した。

ウィーン単身赴任中の日本人は、二四時間西欧文化に晒されて過ごした。ウィークデーは仕事があるから気が紛れる。問題はウィークエンドである。六時に起きて軽い朝食を食べた後、一週間分の洗濯をしてゴミを出し、妻に手紙を書けばあとは完全にフリーである。スタンフォード時代は図書館に足を運べば、三日遅れの朝日や日経を読むことが出来た。しかしウィーンでの情報源は街角で売っている、ペラペラのヘラルド・トリビューン（国際版）だけである。アメリカのニュースは載っていても、日本関連の記事は一行もない。

そこでヒラノ青年は、妻が送ってくれた二週間遅れの『週刊文春』を隅から隅まで読んだ後、日本から運んできた中央公論社の『世界の歴史』を読みふけった。

世界の歴史とは言うものの、全二四巻の半分以上がヨーロッパの歴史である。受験勉強のおかげで概略は知っていたが、ウィーンで読む「ハプスブルク王朝」「ウィーン体制」「第一次世界大戦」の歴史に圧倒された。

歴史だけではない。文学もそうだ。小学生時代に読んだ講談社の少年・少女世界名作全集の最初の一〇巻のうち、九巻はヨーロッパの小説である。

科学に目を移せば、二〇世紀半ばまではヨーロッパの独壇場である。哲学、思想、美術もヨーロッパが源である。このようなことは今更書くまでもないが、ウィーンを訪れるまでのヒラノ青年は、ヨーロッパ文化が自分の中に根付いていることを、すっかり忘れていたのである。

そしてウィーンから戻ったころには、ヒラノ青年は七〇％日本人、二〇％アメリカ人、一〇％ヨーロッパ人になっていた。二〇％のアメリカ成分が残ったのは、スタンフォードがあまりにも素晴らしかったからである。

そのまた六年後の一九七九年には、シカゴから二〇〇キロほど南のインディアナ州ウェスト・ラファイエットにある、パデュー大学のビジネス・スクールで四か月余りを過ごした。

ウィスコンシンでアメリカ嫌いになった日本人が、あえて再びアメリカ暮らしを選んだのは、勤め先である筑波大学のウィスコンシンを上回るパワハラ環境から、一時退避するためだった。

中西部のど真ん中に位置するインディアナは、保守白人集団の牙城である。アパートの管理人は、アジア人をあからさまに蔑視していたし、学生たちも日本からやってきた客員教授の講義を受けることに不満を持っていた。

一九七九年のアメリカは、またまた大混乱の中にあった。スリーマイル・アイランド原子力発電所事故、年率一〇%を上回るインフレ、年率一五%という定期預金の金利。このような状況の中で、二流ビジネス・スクールの教授たちは、マネーゲームに狂奔していた（アメリカが完全なカネ社会になったのは、この頃からである）。

ここに起こったのが、テヘランのアメリカ大使館占拠事件である。七九年の一一月はじめに、過激派学生が大使館に乱入して、五二人の大使館員を人質に立てこもった。イスラム革命で追放され、フランスに亡命したパーレビ国王を、アメリカ政府が支援していることに抗議するための行動である。

この後数人の大使館員が、カナダ政府の協力の下で脱出に成功したが、大半は一年近く拘束された（このあたりのことは、二〇一二年に公開された『アルゴ』という映画に詳しく紹介されている）。イラン人に対するアメリカ人の怒りはすさまじく、全米各地でイラン人排斥運動が起こった（アメリカ人のイランに対する根強い反感は、この時受けた屈辱が尾を引いている）。

パデュー大学のキャンパスでも、白人至上主義集団ＫＫＫ（クー・クラックス・クラン）もどきの白頭巾をかぶった集団による、イラン人留学生殴打事件が起こった。ヒラノ准教授は研究室の窓から、この事件の一部始終を目撃したが、それはまことに統率が取れた暴力集団だった。

殴打された学生の中には、ヒラノ教授のティーチング・アシスタントを務める、イラン人留学生も含まれていた。病院に収容されたこの青年は、頭部を包帯でぐるぐる巻きにされていた。付き添っていた奥さんは、イスラム革命後のイランには帰れないので、アメリカで暮らすしかないが、奨学金が打ち切られそうなので心配だと言っていた。

多くの暴徒が関与したにもかかわらず、一人の逮捕者も出なかった。そもそも学生の中に内部通報者がいなければ、誰がイラン人留学生かを判別するのは難しい。つまりアメリカ社会は、この暴力事件を容認したのである。

この事件を至近距離から目撃した日本人は、アメリカで暮らすのが怖くなった。人質事件が許しがたいことは分かる。しかし、何の科もないイラン人留学生に対して集団暴行を働くのは、犯罪である。彼らの行為を黙認するのは、私的暴行が横行した西部劇時代と同じではないか。

イランに対して弱腰なカーター大統領の不人気に乗じて、次期大統領候補として人気急上昇中だったのが、元カリフォルニア州知事のロナルド・レーガンである。B級西部劇のヒーローだったレーガンは、俳優組合の役員を務めた時代に政治力を発揮して、カリフォルニア州知事に選ばれた。そして、就任するや否や大規模な予算カットを行い、州の財政立て直しに成功した。

この犠牲になったのが、カリフォルニア大学である。バークレー校がスタンフォードの後塵を排するようになったのは、レーガン時代の給与カットや人員削減の影響が大きい。

ヒラノ青年は留学時代から、学問の殿堂・バークレーをいじめるレーガンが嫌いだった。しかもこの人には、大統領選で極右のゴールドウォーター候補を支持した前歴がある。その後自ら大統領選に出馬して、現職のフォード大統領に敗れたため、命脈が尽きたかと思われたが、カーター大統領の失政に援けられ次期大統領の有力候補に躍り出たのである。

心配になった日本人は、M新聞のワシントン特派員を務める友人に電話で尋ねた。「もしレーガンが大統領になったら何が起こるか」と。その答えは、「レーガンが勝ったら、日本人は大手を振って歩けなくなるかもしれない」だった。つまり日本人排斥運動が起こるかもしれない、というのである。

ウィスコンシンに滞在した時、トヨタや日産がアメリカで小型乗用車やトラックを売りまくっていた。このままいけば、アメリカ中に日本車が溢れるのではないかと心配になったが、五年後のインディアナはその通りの状況になっていた。

これでは日本人排斥運動が起こっても不思議ではない。この当時、インディアナ州の隣のオハイオ州（GMやフォードの本拠地）では、トヨタや日産に対する排斥運動が起こっていた。怖くなった日本人は、一日も早く家族の元に戻りたいと思った。

クリスマス直前にインディアナを脱出したヒラノ青年は、大問題を抱えていた。肛門付近にできた固い塊が日々大きくなり、痛みが増していたのである。帰国途中に、ダンツィク教授に挨拶するために立ち寄ったパロアルトのモーテルで爆発した塊からは、大量の血と膿が流れ出した。

爆発はこれで終わりかと思ったところ、隣に潜んでいた塊が急成長を始めた。薬局で購入した軟膏を塗り、何枚ものガーゼで塊を覆い、成田行きの飛行機に乗り込んだ青年は、二度目の噴火に怯えていた。

飛行機の中では、日本に荒稼ぎに出かける、レーガン万歳のコンサルタントと不愉快な会話を交わす羽目になったが、一人でじっと我慢するよりましだった。

一睡もできなかったため、九時間後に成田に着いたときは慰労困憊していた。そして緊張感が緩んだためか、荷物受け取りの際に四回目のぎっくり腰を発症した。これまでの経験では、三時間後には歩けなくなる。

タクシーを捕まえようと思ったが、行き先を告げると軒並み乗車拒否にあった。仕方なくバスに乗り、箱崎でタクシーを捕まえた時、痛みは八合目に達していた。おまけに途中で火山が噴火した模様である。

筑波の自宅に戻ったときは、痛みが激しく自力でタクシーから降りることが出来なかった。運転手と妻に抱きかかえられベッドに運ばれた男は、激しい痛みのため眠れない夜を過ごした。

翌朝近所の内科医に肛門をチェックしてもらったところ、典型的な完全痔瘻だということが分かった。抗生物質と痛み止めを処方されたヒラノ助教授は、このあと一週間横になって過ごした。そして歩けるようになったころには、アメリカでため込んだすべての不純物は体から抜け落ちていた。

これから先は、カネのことしか関心がないビジネス・スクールの学生を相手に、線形計画法の講義を行うのは願い下げだと思ったが、それでも日本にいるよりはましだった。滞米中に三編の論文を書くことが出来たし、一流研究者の研究スタイルを盗み取ることに成功したからである（八〇年代半ば以降論文量産に成功したのは、この時に手に入れたノウハウのおかげである）。

年末にソ連がアフガニスタンに侵攻したため、レーガン大統領登場の可能性が一層大きくなった。そして四月にテヘランの大使館員救出作戦が失敗した後、カーター大統領は完全なレームダックになった。〝レーガンが大統領になったら、たとえ短期出張といえども、アメリカ行きは見合わせよう〟。

ウィスコンシンでの夫婦不和を経て、半年のインディアナ暮しの後、アメリカとの婚姻関係は破綻した。

レーガンが大統領職にある限り、アメリカの土は踏まないと誓ったヒラノ教授は、禁を破って一九八五年の夏渡米した。国際数理計画法シンポジウムを日本に誘致するため、MITで開かれる理事会でプレゼンを行う必要があったからである。

八八年の東京シンポジウムが盛会のうちに終わったあと、数理計画法における日本の地位は急上昇した。海外から訪れた大物研究者（その多くはユダヤ人）のネットワークに組み込まれた若手の研究者が、世界の注目を集めるようになり、数年後には日本は憎らしい西ドイツを追い抜き、世界ナンバーツーの地位を獲得するのである。

シンポジウムが開催された翌年の一九八九年、ヒラノ教授はフィラデルフィアで開かれた米国OR学会の研究集会に参加した。レーガン大統領が引退したあと、それまで副大統領を務めていたパパ・ブッシュが大統領の座についていた。

研究発表を終えて、滞在先のホテルに戻ったところ、大勢の警官がホテルを取り巻いていた。

ロビーで白人青年が銃を乱射し、何人かの死者と多数の負傷者が出たという。映画では見慣れたシーンだが、ヒラノ教授は銃社会アメリカの恐怖に身震いした。

ホテルの近辺では、数人の路上生活者が物乞いをしていた。この当時の日本には、路上生活者はほとんどいなかった。いたとしても、中高年の独身男性に限られた。ところがフィラデルフィアには、乳飲み子を抱えた若いホームレス夫婦がいた。これぞレーガン政権の置き土産である。

フィラデルフィアからの帰りの飛行機の中で、『バック・トゥー・ザ・フューチャー パート2』という映画を見たヒラノ教授は、そこに描かれたアメリカに驚愕した。ご覧になった読者も多いと思うが、そのあらすじを紹介しよう。

(タイムマシン)デロリアン号に乗って、三〇年後の二〇一五年の世界を訪れた主人公のマーティ・マックフライが、古本屋で「西暦一九五〇年から二〇〇〇年に至る全スポーツ勝敗表」が記載された年鑑を手に入れ、一九八五年の世界に持ち帰ろうとする。

ドクに諌められて考え直したマーティが、ゴミ箱に捨てた年鑑を拾ったビフ・タネン老人が、一九五五年に持ち帰って若きビフに手渡す。この後ビフは、スポーツ賭博で連戦連勝して大富豪になり、一九八五年の世界では、「ビフの城」と呼ばれる超高層ビルの最上階で、マーティーの母親を情婦として、取り巻き連中と享楽にふけっている。

映画の結末は、一九五五年の世界に引き返したマーティが、ビフから年鑑を取り戻してメデタシ・メデタシとなるのだが、情報を独占して巨大な富を手に入れたビフと、ビフに群がる悪徳集団は、〝ブッシュのアメリカ〟の行く先を暗示しているように思われた。

12『アメリカよ　美しく年をとれ』

国際数理計画法シンポジウムの事務局長を務めた後、ヒラノ教授にはあちこちから声がかかった。その結果、レーガン時代以前のように、毎年三〜四回海外出張した。出張先はアメリカが半分、それ以外の国が半分である。数理計画法や金融工学の中心地は依然としてアメリカだったが、それ以外の国でも様々な研究集会が開かれるようになったからである。

この頃日本人研究者は、世界各国の研究者から羨望の目で見られていた。バブル崩壊後、日本経済には陰りがみられるようになったが、近い将来再び成長軌道に乗ると思われていた時代である。研究仲間たちの、「日本は素晴らしい国だ」という称賛の言葉を浴びながら、ヒラノ教授は優越感に浸った。

しかし九〇年代半ば以降、海外出張はたかだか年二回に減った。その理由は、国内の学会活動と大学管理業務が増えたため、出張する時間がなくなったこと、日本経済の低迷が続いたため、海外の友人から、「日本はどうなっているのか」という質問を浴びせられることが多くなったことである。

水に落ちた犬は棍棒で叩かれる。数理計画法の分野で世界のナンバーツーに躍り出たものの、経済では長期低迷を続ける日本人研究者は、一転して外国人研究者から不愉快な言葉を浴びせられるようになった。

また九〇年代初めに妻が難病を発症したため、一週間以上家を空ける気になれなかったことも、海外出張が減った原因の一つである。

すでに書いた通り、ヒラノ青年はスタンフォードでアメリカとの蜜月生活を送った。ベトナム戦争反対を叫ぶ学生はいたが、キャンパスには警備員が常駐していたので、騒ぎはすぐに収まった。二人の子供（小学生と幼稚園児）を抱える日本人夫婦が、身の危険を感じるようなことは一度もなかった。ヒラノ青年にとってのスタンフォードは、地上の楽園だった。

これに比べるとウィスコンシンは、誠に寒々としたところだった。寒冷地だからというだけでなく、人々の心も寒々としていた。

アメリカには、最近日本でも流行しているハロウィーンというお祭りがある。子供たちが近所の家を回って、「trick cr treat（お菓子をくれなければいたずらするぞ）」と叫んでおねだりする年中行事である。ところがウィスコンシンでは、剃刀を埋め込んだリンゴを貰って食べた子供が重傷を負う事件が発生した。人心が荒廃していることを示す典型的な事件である。

　この事件を知ったとき、ヒラノ青年はやむを得ない事情があったとは言うものの、ウィスコンシンに家族を連れて来たことを後悔していた。

　その数年後、インディアナのイラン人留学生襲撃事件は、アメリカとの関係に決定的な影響を及ぼした。間もなく四〇代を迎える日本人は、これから先は日本に腰を落ち着けて、研究と日本人学生の教育に専念することを誓ったのである。

　しかしその後も、年に一回はアメリカに短期出張した。そしてその都度、ダンツィク教授にご挨拶するため、スタンフォードに立ち寄った。

　地上の楽園は、依然として美しく輝いていた。しかしシリコンバレーの大発展の陰で、多くの違法住民が特殊部落を形成していた。学生時代にも、街はずれを走る国道一〇一の反対側に黒人街が広がっていた。しかしそれは、留学生にとっては無縁の存在だった。

　また六〇キロ先のサンフランシスコでは、毎年三〇〇人が銃で命を失っていた。しかしそれはごく一部の地域に限られたから、そこに足を踏み入れない限り、身の危険を感じることはなかった。

　ところが今や銃乱射事件は、全米各地どこでもいつでも発生するようになった。身の危険を感じた富裕層は、自分で警備員を雇い入れ、厳重な塀で囲まれた場所で暮らすようになった。

子供連れの日本人が、現在のアメリカで生活するのは危険すぎる。最近アメリカに留学する日本人が減ったのは、国力の衰えの象徴だと嘆く人が増えている。しかし、現在のアメリカ社会が危険すぎることの影響も大きいのではなかろうか。

二〇〇一年の春、ヒラノ教授は名門コロンビア大学の統計学科に客員教授として招かれた。ニューヨークの街は、かつての超危険な状態から回復していたので、毎日地下鉄に乗って大学に通っていたが、いつも銃撃事件に巻き込まれることを心配していた。だから、ほとんど市街見物もせずに、大学とホテルを往復するだけの毎日だった。

帰国後しばらくして起こったのが、ワールド・トレードセンタービル爆破事件である。テレビでこの事件を見たヒラノ教授の背筋は凍った。しかし二人の知り合いは、背筋が凍るだけでは済まなかった。

ニューヨーク出張中だったA教授（東大）は、予約していた飛行機がキャンセルされたので、汽車でワシントンに向かい、最後の日本行き飛行機に乗って、ぎりぎりでアメリカを脱出したという。

また金融工学の同志であるK教授（一橋大）は、娘さんが乗ることになっていた飛行機がハイジャックされた。国防省の爆破を狙っていることが明らかになったため、この飛行機はミサイルで撃ち落とされている。娘さんは仕事の関係で件の飛行機に乗り遅れて難を免れたが、それが分かるまでの数時間、K教授は悲嘆にくれたという。

A教授とK教授は、ヒラノ教授であっても不思議ではなかった。この後ヒラノ教授は、極力アメリカ出張を控えることにした。二〇〇二年以降に、アメリカの土を踏んだのは二〇〇五年のハワイ出張一度だけである。

この後は妻の介護に追われたため、すべての海外出張を見合わせた。そして二〇一一年に中央大学を定年退職した後は、研究活動から手を引き、工学部の語り手に転身した。

毎朝四時にベッドから出てシャワーを浴び、軽い朝食を取ったあと、五時から早朝徘徊に出かける。そして六時過ぎに戻ってから、一一時すぎまで執筆に取り組んだ。この結果、二年の間に四冊の本を出すことが出来た。

三冊目の『ヒラノ教授のアメリカ武者修行』（新潮社、二〇一三）が文庫化されるにあたって、ヒラノ教授はアメリカ関係の本を何冊か手に取った。その中でも最も印象に残ったのが、若いジャーナリスト・堤未果氏による、『沈みゆく大国アメリカ』（集英社新書、二〇一四）である。

そこには、アメリカの〝一%の超・富裕層と九〇%の貧困層〟の実態が詳しく描写されていた。それはまさに、『バック・トゥー・ザ・フューチャー　パート2』のアメリカだった。

リーマン・ショックを引き起こしたウォール街の経営者たちが、政府の救済策で救われたあとますますリッチになる一方で、多くの市民が健康保険に入ることも出来ない、ミゼラブルな貧困生活にあえいでいるという。

オバマケアによって救われたかに見えて、実際には製薬業界と保険業界の食い物にされるアメリカの医療が、危機的な状況に陥っていることが詳しく紹介されていた。またその後に書かれた、『日本が売られる』（幻冬舎新書、二〇一八）では、アメリカの強欲集団が、「国家戦略特区」を足場にして、日本の資産をむしり取ろうとしていることが、豊富な具体例とともに記されている。

よく知られているように、ウォール街を支配しているのはユダヤ資本である。ゴールドマン・サックス、リーマン・ブラザース、ソロモン・ブラザースなどの大手投資銀行（証券会社）は、ユダヤ人が創業した企業である。

ユダヤ人は日本人と違って、強欲を悪とはみなさない。『ウォール街』という映画に登場するビジネスマンが、〝greed is good（強欲は善）〟と喝破したことが示すように、彼らにとって金儲けは恥ずべきことではない。そして儲けた金を、自らの価値基準に従って支出するのである。ある人はユダヤ人に理解がある政治家に、ある人は東ヨーロッパの恵まれないユダヤ人に、ある人は出身大学の発展のために。

インターネット上には、アメリカに住むビリオネア（一〇億ドル以上の資産を保有する人）の半分はユダヤ人だという記事が載っている。もしこれが事実だとすると、アメリカはユダヤ人によって支配されているわけだ。

ウォール街の強欲企業のトップ集団は、ハーバード、スタンフォード、ウォートンなどのビジネス・スクールを出たＭＢＡである。かつてゴールドマン・サックスに勤めていた神谷秀樹氏によれば、彼らの強欲さは日本人が考える強欲の三乗を上回るという。

ウォール街に多くの卒業生を送り出したハーバード大学は、リーマン・ショック後に、強欲集団を生んだ教育方針を改めると宣言した。この頃評判になったのが、マイケル・サンデル教授の『ハーバード白熱教育』である。

ところがサンデル教授の本に、「正義にはいろいろなものがある」と書かれているとおり、ウォール街のビジネスマンの強欲も正義の一種なのである。

ドナルド・トランプ氏が共和党の大統領候補に選ばれたとき、ヒラノ老人はビフ・タネンを思い出した。

ニューヨークのトランプ・タワーに住むドナルド氏に比べると、ビフはかわいらしい小怪物だった。ビフが支配しているのは、アメリカの寂れた中小都市界隈だけであるのに対して、トランプ氏はアメリカだけでなく世界全体を牛耳ろうとしていたからである。

不正によって富を手に入れたビフは、ドクとマーティによって退治され、映画の中のアメリカはまともな軌道に戻った。ところが二〇一六年以降のアメリカは、ビフの再来というべきドナルド大統領に支配されるようになった。

ビフとドナルドにはいくつもの共通点がある。富と権力に対するあくなき欲望、女性蔑視、そして品の悪さ。これまでのアメリカには様々な大統領がいた。しかし、第二次世界大戦以降の大統領の中で、最も品性を欠くX大統領ですら、トランプ大統領に比べればはるかに上品だった。

今更ながらヒラノ老人は、三〇年前にバック・トゥー・ザ・フューチャーを作った、ロバート・ゼメキスとボブ・ゲイルの慧眼に脱帽する次第である（ビフのモデルはドナルドだという説があるが、若き日のドナルドは、悪名高い横井英樹と連携して、日本で不動産蓄財に励んでいたそうだ）。

インディアナで半年を過ごす間に、ヒラノ青年は中西部の白人労働者が、移民に対する政府の寛容な扱いに憤っていることを知った。選挙期間中に、トランプ氏を支持しているのは、ラストベルト（錆付き地帯）と呼ばれる中西部の白人労働者だという報道を聞いた時には、さもありなんと感じた。

移民国家・アメリカにとって、移民の優遇は国是だった。しかし何事にも限度がある。アメリカに蔓延するポリコレ――その象徴はメトロポリタン・オペラで、アフリカ系の黒人がアルマヴィーヴァ伯爵を演じたことである――にヒラノ老人は強い違和感を覚えた。

しかしマディソンの牛肉解体業者のような人物が、アメリカの大統領になるとは考えもしなかった。トランプ優勢の声が聞かれるようになったとき、アメリカ政治に詳しい元新聞記者に尋ねた。

「トランプが大統領になったら何が起こるだろう」

「お前は相変らず心配性だな。トランプが大統領になることは無いと思うが、なったらなったで、周囲の意見をよく聞いて、まともな大統領になるさ」

「レーガンと同じだというわけか」

確かにレーガンは大統領になってから、周囲の意見を聞き入れ過激な言動を改めた。八五年に禁を破ってアメリカに出張したのは、レーガン恐怖症が薄らいだからである。

冷遇されてきた白人労働者の熱烈な支持のもとで、二〇一六年一一月八日にトランプ氏が大統領に選ばれたとき、ヒラノ老人の口から「三度目の大惨事だ！」という言葉が飛び出した。九・一一の大惨事（ワールド・トレードセンタービル爆破事件）、三・一一の大災害（東日本大震災）に続く一一・八の大統領選挙である。

米国史の専門家である猿谷要氏（東京女子大学名誉教授）は、二〇〇六年に発表した『アメリカよ、美しく年を取れ』（岩波新書）の中で述べている。〃いかなる国といえども、永遠に覇権を維持することは出来ない。いずれ衰退することが避けられないのだから、美しく衰退してほしい〃と。

ブッシュ政権時代のアメリカに苦言を呈した猿谷要氏は、オバマ政権時代の二〇一一年に亡くなった時、アメリカが美しい方向に動いていることに安心していたのではなかろうか。オバマ政治には様々な批判がある。しかし、そのすべて（オバマケア、環境政策、移民政策など）を逆転させようとするトランプ大統領のやり方を猿谷氏が見れば、「なぜアメリカは、これほどまで醜く歳を取ったのか」と嘆息するのではなかろうか。

トランプ大統領のオバマ嫌いは、オバマ氏がアメリカ人（特に白人）の利益にならない政治を行ってきたからだということになっている。しかし実際には、初めて黒人の血が混ざった大統領の出現が、お気に召さなかったからではないだろうか。

ヒラノ老人は思う。〝悪いときに悪い人が大統領になったものだ〟と。アメリカ・ファースト政策はやむを得ない。アメリカには、一九五〇年代のような体力はないからである。しかし現在のトランプ大統領は、再選をめざしてトランプ・ファースト、アメリカ・オンリーの政策を推し進めている。

その中には、日本人の一人として支援したい政策もある。たとえば対中国政策がそれである。中国はこれまで発展途上国を名乗り、貿易上の優遇措置を利用して、経済発展を目指してきた。

わが国も長い間、中国政府の独善的政策に悩まされてきた。知的財産権の侵害と盗用、強制的技術移転政策などなど。これに対してトランプ大統領が採用した関税上乗せ政策には、快哉を叫んでいる日本人が多いことだろう。

　また尖閣列島や東シナ海をめぐる好戦的政策に対して、アメリカがノーを突きつけたことを支援する日本人は多いはずだ。

　しかしトランプ政権のアメリカ・ファーストの環境政策と、あまりにもイスラエル寄りの中東政策については、多くの人が厳しく批判している。

　先ごろ亡くなった中曽根元総理は、「政治家の業績は、歴史の法廷での検証を経たのちに評価される」という趣旨のことを述べている。あまり好きな政治家ではなかったが、この言葉は評価できる。

　一方のトランプ大統領は、現在自分を支持してくれる人たちに評価されれば、それで十分だと考えている。この人の頭の中をのぞけば、つぎのような言葉が詰まっているだろう。

　〝たとえ温暖化が進んで、地球が危機的な状態に陥っても、現在の経済的繁栄を犠牲にしてまで、炭酸ガス削減に協力する必要はない。アメリカが削減しても、中国やインドは野放しだ。それに、温暖化しても石炭を炊いてガンガンエアコンを回せばいい。また海面が上昇しても、被害を受けるのは沿岸部だけだ。アメリカ全体から見れば、大した問題ではない〟。

　日本にもいまだに、温暖化＝CO_2説に懐疑的な人が少なくない。ヒラノ老人も二〇年前までは懐疑的だった。研究費が欲しい一部の人たちが騒いでいるだけではないか、と考えていたのである。しかしその後のデータの蓄積によって、科学的に否定できない段階を迎えたところで、潔く宗旨替えした。

ここ三〇年間の気温上昇は、炭酸ガスの増加によって説明がつくという。もし炭酸ガスのせいではないとすれば、別の原因を探さなくてはならない。しかし現在のところ、炭酸ガスに代わる原因は見つからない。だとすれば、科学や技術を学んだものは、それを認めるしかないと考えるようになったのである。

アメリカの将来を心配するより、日本の将来を心配する方が先だろう、という声が聞こえてきそうなので、最後にそのことについて書くことにしよう。

安倍総理の掛け声にもかかわらず、日本経済は長期低迷を続けている。一九九〇年代はじめに五〇〇兆円に届いたGDPは、いまだに五四〇兆円にとどまっている。人口が減少したのだか仕方がないという声もあるが、人口が減らなかったとしても六〇〇兆には届いていなかっただろう。

一方アメリカのGDPは、過去三〇年の間にほぼ三倍になっている。この違いがどこから来るかと言えば、日米のソフトウェア・IT技術の格差である。

すでに書いた通り、日本産業の司令塔である通産省（現在の経産省）は、八〇年代には〝日本はハードウェア（モノづくり）で勝負すべきだ。（ことづくりの）ソフトウェアは、今からやっても追いつけないから、アメリカにくれてやりましょう〃と考えていた。

今から言ってもせんなきことだが、製造業が全盛期を過ぎたときに、この考え方を改めていれば、現在のような悲惨な状況を迎えずに済んだだろう。

人口減少も昔から分かっていたことである。このまま推移すれば、優秀な科学・技術者が減少するということも。

しかし政府はこれに対して、何も手を打たなかった。製造業王国を支えた優秀な技術者は、その貢献に見合う処遇を受けることは出来なかった。使い捨てられた大量の技術者を見た若者たちは、技術者になるより（製造業の努力によって支えられている）銀行や商社に勤める方が有利だと考えた。

この結果工学部に入って、エンジニアになろうとする若者は減少した。博士課程に進んで研究者を目指す人は激減した。博士号を取ったところで、企業は受け入れてくれない。大学の研究者ポストも減り続けている。この結果、非常勤講師や任期付き研究員ポストを渡り歩く「高学歴プア」と呼ばれる階層が出現した。

安倍総理は三年ほど前に、二〇二〇年までに、イギリスの大学評価機関QRのランキングで一〇〇位に入る大学を一〇まで増やすという掛け声をかけた。ところが実際には何もせずに放置した。何もしないだけならまだしも、その後も高等教育への投資を減らし続けた。

その結果、二〇〇〇年代には五つだったベスト一〇〇大学は二つに減った。またこの頃は不動の二位を保っていた日本の学術論文生産数は、二〇一五年を境に減少傾向に転じた。誰も読まないジャンク論文が減っても問題はないが、世界の研究者に引用される一級論文の数も減っているという。

ヒラノ教授は（東大とスタンフォードのダブル後輩で、東工大で同僚だった）鳩山由紀夫総理が誕生した二〇〇九年に、『理工系離れが経済力を奪う』（日経プレミア）という本を発表し、科学・技術への投資を増やすべきことを主張した。そして理工系大学へのテコ入れが行われることを期待しながら、鳩山総理と菅直人大臣に献呈した。

残念ながら、どちらからも応答はなかった。そうこうするうちに、大失態を続けた鳩山総理は退陣し、菅政権が誕生した。

その後間もなく起こった東日本大震災の際の菅総理の対応は、ミゼラブルだった。この結果、理工系出身の政治家はダメだ、という評価が固まった。技術者優遇の千載一遇のチャンスを失ったヒラノ教授は落胆した。

ゆとり教育のおかげで低下した子供たちの学力が、教育方針の見直しによって旧に復せば、いずれ日本の技術力も旧に復すという期待が、しぼんでしまったのである。

原子力発電所事故によって技術者集団のプライドは著しく傷ついた。技術者たちの自信が回復するまでには、長い年月が必要だろう。しかし日本には、その時間は残されていないのである。

時折会食する友人たちの、この件に関する意見は大きく分かれる。長く産業界に身を置いた人物は、「ワールドカップラグビーを見習って、優秀な外国人を迎え入れ、彼らと協力すればいい」という。一方長く介護施設の経営にあたってきた友人は、「移民に頼る戦略は機能しない」という。

どちらの意見が正しいかは、歴史の証明を待つほかないが、このような時代を作ったわれわれは、責任を取ることなく間もなくこの世から去る。

親の世代のように兵隊に取られることも、息子たちの世代のように長期経済低迷に悩まされることも、そして孫たちのようにＡＩに仕事を奪われ、超格差社会で苦労することもなかったヒラノ教授の世代は、まことに運がよかったというべきだろう。

13　九年目の独居生活

中央大学を定年退職したあと、ヒラノ老人は八年間にわたって、『工学部ヒラノ教授』というノンフィクション・シリーズを書き続けてきたが、種がなくなりかけたので、二〇一九年初めから、二冊目のセミ・フィクション（事実八割、創作二割）の執筆に取り掛かった。

ノンフィクションと違って、セミ・フィクションの場合は無限のバリエーションがありうるから、ひとまずうまく書けたと思っても、読み返してみると、〝イマイチだ〟と感じることがある。

そこで書き直しを行うのだが、時としてエンドレス・ループに陥る。このようなときは書き直し作業を中断して、『工学部ヒラノ教授の徘徊老人日記』（すなわちこの原稿）を書くことにした。

「研究」研究者（研究という営みについて研究している人）によれば、研究者は二つのテーマを持っているときに、最も生産性が上がると言う。テーマAがデッドロックに乗り上げたときは、テーマBに乗り換える。そしてテーマBの作業が一段落した時はAに戻る。AとBを行ったり来たりしているうちに、AもBも完成するという仕組みである。物書き作業の場合も同じで、この方式を採用するとウツにならずに済む。

二冊目のセミ・フィクションを書き始めて間もない二〇一九年三月、エゴン・バラス教授（カーネギー・メロン大学）が九六歳で亡くなったという知らせが届いた。

一九二二年にルーマニアの豊かなユダヤ人家庭で生まれたバラス教授は、家族全員を強制収容所で喪った。本人も少年時代に反ナチ運動に参加した廉で投獄されたが、完全な白痴を装って強制収容所送りを免れた。苛酷な拷問に耐えたバラス青年は、奇跡的に脱獄に成功してフランスに脱出した。

終戦後はルーマニアに戻り、共産党の幹部として祖国再建に力を尽くしたが、チャウシェスクに警戒されて再び逮捕監禁。三年間の獄中生活を送ったあとフランスに亡命し、経済学と数学を学んで博士号を取った。そして四〇代に入って書いた処女論文がアメリカで高く評価され、四五歳の時に名門カーネギー・メロン大学に正教授として招かれた。

まことに波乱万丈の前半生である（このあたりのことは、『Will to Freedom』(Syracuse University Press, 二〇〇〇）に詳しく記されている)。

その後は、実用研究至上主義者による、〝役に立たないＯＲ研究の代表〟という批判にめげることなく、独創的で奥深い論文を書き続け、一九九五年にＯＲのノーベル賞と呼ばれるフォン・ノイマン賞を受賞した。そして九六歳になるまで現役研究者を務め、亡くなる前年にはライフワークとなる著書『Disjunctive Programming』を出版している。

ヒラノ青年は博士号を取得して以来十数年にわたって、（アメリカ移住の際に、元ルーマニア共産党幹部の身元引受人を引き受けた）ダンツィク教授に恩義を感じているバラス教授から、様々なアドバイスを頂戴した。

いつになったら答えが出るか分からない大問題に取り組むより、身の丈に合った問題を見つけて、それなりの結果を出すという生き方もあること、優秀な人が束になって取り組んでいる分野には近づかないほうが賢明であること、などなど。

ヒラノ教授が大域的最適化と資産運用理論という、大秀才が関心を示さないテーマに取り組み、そこそこの成果を上げることが出来たのは、このアドバイスのおかげである。

バラス教授の訃報に接した時、ヒラノ老人は二〇〇四年と二〇〇五年に、森口教授とダンツィク教授という二人の恩師を相次いで喪ったときに匹敵するショックを受けた。

悪いことは重なるものだ。この四か月後に、もう一人の恩師であるホアン・トイ教授（ベトナム国立数学研究所長）が亡くなった。

一九二七年生まれのトイ教授は、三二歳のときにモスクワ大学で数学の博士号を取った。ベトナム戦争の間はジャングルの中に隠れて、昼は農作業、夜は月明かりの中で数学の研究に取り組んだという。

一九六五年に発表した論文で世界的に注目されたトイ博士は、ベトナム戦争終結後はフランスやスウェーデンなどで研究を続けたが、西側世界に本格的にデビューしたのは、一九八八年に東京で開催された、「第一三回国際数理計画法シンポジウム」の時である。

国交がない国から研究者を招くのは難事業だったが、シンポジウムの事務局長を務めるヒラノ教授には、何としてでもこの人を招待したい理由があった。

ウィスコンシン大学時代に、大物教授から「書かないほうがいい」と酷評された論文が日本OR学会の論文誌に掲載されたとき、この論文を読んだトイ教授は「大変面白かった」という手紙を送ってくださった。捨てる神あれば拾う神あり、である。

また一九七五年に発表した(トイ教授のアイディアを用いた)二編の論文についても、激励のメッセージを送ってくださった。

東京招待にこぎつけたヒラノ教授を待っていたのは、大域的最適化に関する新しい国際ジャーナル『Journal of Global Optimization』の編集委員就任依頼だった。この時以来ヒラノ教授は、毎年のようにトイ教授を東工大にお招きして共同研究を行った。

大域的最適化理論のチャンピオンであるパノス・パルダロス教授（フロリダ大学）が、「三日まともに付き合ったら死ぬ」と慨嘆したトイ教授と、この後十数年にわたって共同研究を行い、四〇〇ページを超える著書を共同執筆したことは、ヒラノ教授の勲章である（森口教授は「ついに金字塔を打ち立てたね」とほめてくださった）。

長く国立ハノイ数学研究所の所長を務め、ベトナムの文化勲章などを受賞した同教授は、晩年は病気がちだったが、亡くなる直前まで論文を書いていた。

バラス教授とトイ教授は、独創性がなくなるはずの七〇歳以降も優れた研究成果を上げた、稀有な研究者である。若いころ戦争で失った時間を取り戻したいという執念が、半世紀を超える研究生活を支えたのではなかろうか。

二人の大教授の死は大きな痛手になったが、この人たちは九〇歳を超えるまで活躍したのだから、思い残すことはなかっただろう。

ところがこの年の七月と一二月に二人の親友を喪った時は、二人の無念を思って落ち込んだ。

一人目は『工学部ヒラノ教授のはじまりの場所』（青土社、二〇一七）の中で、江藤健一という名前で登場した工藤徹一氏（東大名誉教授）である。中学時代以来のこの親友とは、六〇年来の付き合いで、現役を退いた後も年に数回食事を共にした。

そば好きの工藤氏との会食は、いつも本郷の（老舗）蕎麦店と決まっていたが、二〇一八年末に会食して以来しばらく時間が経過したのでメールを送ったところ、「このところ体調がよくないので、暖かくなったら連絡する」という返信があって以来連絡が途絶えた。

ラグビーの後遺症で脚の具合が悪かった工藤氏は、前立腺がん、眼球コントロール不調、リュウマチなどを患っていたが、どれも命に別条があるようなものではなかった。

六月半ばに「体調が悪いのでしばらく入院する。退院したら連絡する」というメールが届いたので気にかかっていたが、八月初めの新聞に訃報が載った。胃がんのために亡くなったというのである。

四月に定期健康診断を受けたときに、ステージ五の胃がんであることが判明したため、ホスピスに入所したあと一か月もしないうちに亡くなった。七九歳の誕生日を迎える五日前だった。家族には、誰にも知らせなくてもいいと言っていたそうだが、ワンチームの大活躍について語り合うことが出来なかったのは、返す返すも残念である。

工藤氏は亡くなる四か月前まで、東大の特任教授としてリチウム電池の研究に取り組んでいた。日立製作所に勤務していた時代には、もう一歩のところで（ノーベル賞につながるような）大きな研究成果が手に入るところだった、という噂も耳にした（本人に確認する機会はなかった）。大きな獲物を逃した後も、東大教授として二〇年以上研究に取り組んだが、思うような成果は得られなかったようだ。

六〇年以上お世話になってきた親友の突然の死で、ヒラノ老人は大きく落ち込んだ。せめてもの慰めは、生前に工藤氏への感謝の念を綴った『工学部ヒラノ教授のはじまりの場所』（前出）を手渡すことが出来たことである。

この五か月後に伝わってきたのは、西野寿一氏（慶応義塾大学名誉教授）の訃報である。暮れに発病したインフルエンザが肺炎に移行し、一二月末に亡くなったというのである。

西野氏は『スプートニクの落とし子たち』（毎日新聞出版社、二〇一〇）に登場したので、ご記憶の方もおられるだろうが、ヒラノ教授の大学時代の友人である後藤公彦氏（法政大学教授）の、慶応中学時代以来の親友である。

同業者として昔々からお名前はよく存じ上げていたが、親しくお付き合いするようになったのは、後藤氏が亡くなったあとである。

後藤氏の波乱万丈の半生を綴った『スプートニクの落とし子たち』の草稿をお届けしたところ、詳しく読んだうえで、長文のコメントを送ってくださった。そこには慶応時代の様々なエピソードが記されていた。

またその末尾には、「この原稿によって、慶応コミュニティを離脱してからの後藤の暮らしが分かりました。この本を書いてくださったことを、後藤に代わって感謝します」というメッセージが添えられていた。

この本は、ヒラノ教授が書いた本の中で最も毀誉褒貶が激しかったものである。しかし後藤氏と親しかった人たちは、著者の意図を理解してくださった。

それからあと毎年のように後藤の友人四人が集まって、「後藤をしのぶ会」を開いた。二〇一八年初めの会合のあと半年ほどしたころ、西野氏から「体調が悪いので、来年のしのぶ会を延期してほしい」というメールが届いた。そこで「次は見送ってもいいのではありませんか。その代わり二〇二〇年の一七回忌は盛大にやりましょう」と返信した。

その後、西野教授が育てた綺羅星のような教え子たちが集まった会合の様子が伝わってきた。「体調が悪そうだった」というY教授のメールに添付された写真で、だぶだぶの背広姿を見たヒラノ老人は、〝ずいぶんやせたな〟と思った。

ここに届いたのが突然の訃報である。以前からステージ三の肺気腫を患っていたよし。このような人がインフルエンザにかかると、肺炎に移行するケースが多いという。

疑似肺気腫のヒラノ老人も、新型コロナウィルスにやられたら介護施設に入る必要はなくなるだろう。

いつ死んでも誰も困る人がいないヒラノ老人と違って、重い病を患う夫人を残して旅立った工藤氏と西野氏はさぞ心残りだったことだろう。

あとがき

この本の冒頭に書いたとおり、中大を定年退職した当時、ヒラノ教授という風船には、十分な量のガスが詰まっていた。ガスが抜け始めたのは、娘が亡くなってからである。自分で空気を吹き込み、見かけ上以前と同じ状態をキープすべく努力してきたが、抜けるスピードに追い付けなくなった。

友人の中には一〇〇年現役をめざす人や、高校卒業六〇周年（！）記念パーティの開催に情熱を燃やす元気印もいるが、メールを打っても返信が遅れる人が多くなった。遅れるだけならまだいい。何日待っても返信がない人もいる。

中大を退職したころ、ヒラノ教授には十数人の友人がいた。ところが年を追うごとに一人減り二人減り、二〇一八年には九人になってしまった。その中には友人との付き合いを断った人がいるし、筆禍事件のおかげで疎遠になった人もいる。この結果、残された友人は六人になった。

八〇歳で六人の友人がいれば満足すべきかもしれない。しかし二～三年の間に友人が半減した老人は暗い気持ちで毎日を過ごした。しかし老人が鬱になると回復はおぼつかないので、毎週二回介護予防施設に出かけて老人たちと言葉を交わし、週に一回は外食し、数少ない友人に手あたり次第（迷惑）メールを送り届け、これまでにもまして執筆に励んでいる次第である。

これから先は、残り少なくなった友人を大切にして暮らすつもりである。九五歳まで生きた電力の鬼こと松永安左エ門翁（電力中央研究所理事長）は、「嫌いだった人でも友人が死ぬと悲しい」と言っていたが、ヒラノ教授は友達がいなくならないうちに死にたいと思っている。

『ラストメッセージ』から八か月後、この原稿が完成したが、すでに完結したはずのシリーズを出版してもらえるだろうかと悩んだ老人は、東工大時代の同僚である菅野道夫教授にテキストを送った。ファジー理論の世界的権威であるこの人は、学生から勧められたヒラノ教授シリーズの大半を読破し、長文（A４で一〇枚）のファンレターを送ってくださった。

菅野教授の激励に後押しされたヒラノ老人は、ボツになったらウツになるのではないかと心配しながら、青土社の菱沼氏の意向を伺った。すると幸運なことに、既に最後の挨拶を済ませたはずのヒラノ教授が、徘徊老人として帰還することになった次第である。

ここで菅野教授と菱沼氏に厚く感謝するとともに、長くヒラノ教授を応援して下さった方々に、この本を捧げることにしたい。

二〇二〇年二月

今野浩

著者　今野浩（こんの・ひろし）
1940年生まれ。専門はORと金融工学。東京大学工学部卒業、スタンフォード大学OR学科博士課程修了。Ph.D., 工学博士。筑波大学助教授、東京工業大学教授、中央大学教授、日本OR学会会長を歴任。著書に『工学部ヒラノ教授』、『工学部ヒラノ教授の事件ファイル』、『工学部ヒラノ教授のアメリカ武者修行』（以上、新潮社）、『工学部ヒラノ助教授の敗戦』、『工学部ヒラノ教授と七人の天才』、『工学部ヒラノ名誉教授の告白』、『工学部ヒラノ教授の青春』、『工学部ヒラノ教授と昭和のスーパー・エンジニア』、『工学部ヒラノ教授の介護日誌』、『工学部ヒラノ教授とおもいでの弁当箱』、『工学部ヒラノ教授の中央大学奮戦記』、『工学部ヒラノ教授のはじまりの場所』、『工学部ヒラノ教授の終活大作戦』、『工学部ヒラノ教授の研究所わたりある記』、『工学部ヒラノ教授のラストメッセージ』（以上、青土社）、『ヒラノ教授の線形計画法物語』（岩波書店）など。

工学部ヒラノ教授の徘徊老人日記

2020年3月20日　第1刷印刷
2020年3月30日　第1刷発行

著者——今野 浩

発行人——清水一人
発行所——青土社
〒101-0051　東京都千代田区神田神保町1-29　市瀬ビル
［電話］03-3291-9831（編集）　03-3294-7829（営業）
［振替］00190-7-192955

印刷・製本——シナノ印刷

装幀——クラフト・エヴィング商會

ISBN978-4-7917-7260-5　C0095